国盗り合戦〈三〉

稲葉　稔

集英社文庫

目次

国盗り合戦〈三〉

第一章　密　計

一

春の日差しが椿山《つばきやま》城を包み込んでいた。

寒さは日に日にゆるみ、梅の花が咲き、沈丁花《じんちょうげ》の芳香が風に運ばれていた。

椿山藩当主の本郷隼人正宗政《ほんごうはやとのかみむねまさ》は本丸御殿の奥書院にどっかと胡坐《あぐら》をかいていたが、すっくと立ちあがると、きらびやかに描かれた松に孔雀図《くじゃくず》の襖《ふすま》をがらりと開けた。

控えていた小姓《こしょう》の田中右近《たなかうこん》が、ぴくりと眉を動かして頭《こうべ》を垂れた。宗政は色白の若い右近をちらりと見ただけで、どかどかと足を進め、藤之間《ふじのま》を突っ切り庭に面した廊下に出た。

思い切り息を吸って吐き出し、庭に咲く赤い椿の花と片隅にある梅を眺め、それから遠くに視線を飛ばした。青々と澄み切った空が広がっている。

風はゆるやかで空気は清涼だ。しかし、宗政の心中は昨年から穏やかではない。領内にたびたび出没する賊がいるからだった。賊は隣国と接する平湯庄《ひらゆしょう》に突然あらわれ、百姓たちを襲い米蔵から米を奪い去った。藩はその事態を重く見て、急遽《きゅうきょ》、平湯庄の警固を厳重にするために下郷《しもごう》陣屋を設けた。

ところが、年が明けてすぐにその陣屋が襲われ、焼き払われるという事件が起きた。死者も怪我人《けがにん》も出て、宗政はそのことに切歯扼腕《せっしゃくわん》した。

平湯庄は荒れ果てた土地でおよそ穀物の穫《と》れるような地ではなかったが、父宗則《むねのり》が開拓して豊かな土地に改良し、いまや領内になくてはならない農地に発展していた。

しかし、再三出没する賊のせいで、領人や家来の尊い命が奪われた。

悔しくてならなかった。その忌々しい出来事は宗政の心の疵《きず》となっている。だから何としてでも賊を捜し出し、厳罰を下さなければならない。しかし、いっこうに賊の行方はつかめぬままだ。

「右近、孫蔵《まごぞう》を呼んでまいれ」

命じられた右近が足速に去ると、宗政はそのまま廊下にどっかと尻を据えた。六尺（約一八〇センチメートル）はある偉丈夫で無骨な顔をしている。眉が太く、鼻も口もそれに合わせて大きい。

家臣に賊探索を命じて、はや一月《ひとつき》がたっている。それなのに、賊の正体は不明のままだ。

沈丁花の甘い香りを嗅ぎながら庭を眺めていると、廊下の奥に足音がして小姓の右近を従えた田中孫蔵がやってきた。宗政が懐刀としている若家老である。

「お呼び立てにあずかり罷《まか》り越しました」

孫蔵は慇懃《いんぎん》に礼をして跪《ひざまず》いた。

「なにか急なご用でも……」

孫蔵は訝《いぶか》しげに宗政を眺める。

「ご用もなにもない。賊のことだ。いったいどうなっておる？　わしは昨夜いやな夢を見た」

「いやな夢を……」

「平湯庄がまた襲われる夢であった。縁起の悪い夢だ。今朝からそのことが頭を離れぬのだ。賊の探索はどうなっておる？」

「引きつづき行っているはずでございます」

「はず、とはなんだ。もう半月も沙汰なしだ」

宗政は孫蔵をにらむように見た。孫蔵はふくよかな丸顔にある怜悧《れいり》な目を一瞬見開いた。

「おぬしは宇佐美《うさみ》家に探りを入れておるが、その後、先方から沙汰はないのか？」

孫蔵は賊探索の一環として、隣藩である奥平《おくだいら》藩宇佐美家を訪《おとな》い、平湯庄で起きた事件を詳《つまび》らかにし、もし賊が領内にいるなら引きわたすよう交渉をしていた。

「宇佐美家からは何もございませぬ。おそらく領内に賊の気配がないからでございましょう。不審なる者を見つけたら知らせを受けることになっておりますが……」

宗政はふんと鼻を鳴らした。

おそらく孫蔵は体《てい》よくあしらわれたのだろう。宇佐美家は面倒なことに煩わされたくないだろうし、自国領内が平安であれば、たとえ隣藩であっても力を貸す腹づもりなどないのかもしれぬ。

だが、宗政はそのことを胸のうちにしまい込んで、

「孫、何とかしろ。わしはこのままでは寝つきが悪くてかなわぬ」

「承知いたしました。それから……」

「なんだ？」

孫蔵はそばにいる右近を見た。宗政はその視線の意味をすかさず理解して、右近に「人払いじゃ」と言って下がらせた。

「平湯庄のことだが、一学《いちがく》様もおっしゃるように、やはり左近《さこん》殿の企《たくら》みではないかと思うのだ」

孫蔵は急に親しげな話し方に変えた。二人だけのときはぐっと砕けて話す孫蔵だ。そのことを宗政は何も気にしない。かえってそのほうが孫蔵とは話しやすい。それというのも二人は子供の頃から気の置けない仲であったからだ。

かたや一国一城の主《あるじ》、かたや勤仕する家老であるが、二人だけになると互いに朋《ほう》友《ゆう》だと思っている。そうは言っても、孫蔵はその辺の折り目をつける男である。

「一学様は、左近殿が平湯庄を取り返そうと画策されていて、その手始めが先の平湯庄で起きた騒乱だったのではないかと……」

「一学はさようなことを申しておったな」

宗政も一学の考えを否定していなかった。しかし、それはあくまでも推測の域で、確たる証拠はない。

一学とは家老の佐々木《ささき》一学のことで、孫蔵より三つほど年上の知恵巧者だ。また、孫蔵が「左近」と呼ぶのは、奥平藩の当主、宇佐美左近将監安綱《しょうげんやすつな》のことである。

　一学は、奥平藩宇佐美家は平湯庄を取り戻したいと考えている、と言っている。そもそも平湯庄は宇佐美家の領地だった。それを先代が、幕府の計らいによって譲り受けたという経緯がある。当時、平湯庄は荒れた土地で、およそ作物の穫れるような場所ではなかった。だから宇佐美家はすんなり明けわたした。

　ところが、先代の宗則が開墾し、豊かな村を作った。いまや椿山藩にはなくてはならない大事な領地になっている。

「されば、賊を捜しても出てこないのではないか。宇佐美家が賊を扇動し、隠しているならなおのことだ」

「…………」

「そうは言っても、目付も町奉行も草の根を分けるほどの熱心さで領内を捜しまわっている。それが無駄にならなければよいが、いまのところ何も知らせは受けておらぬ」

「ならばいかがする？」

「様子を見るしかない」

　うーむ、と宗政はうなって手を組んだ。様子を見るだけでは気がすまぬ。しかし、孫蔵の言葉に抗するだけの根拠はない。

「しからば、これまでの調べの経緯を知りたい。さように取り計らえ」

「わかりもうした。それから、もうひとつ……」

宗政は何だと言って孫蔵の丸い福相を眺める。

「今年は江戸参勤がある。その前に道普請と川普請、その他の普請を終えなければならぬ」

「普請はやっておるだろうに」

「やってはおるが捗々《はかばか》しくない。ここは辰之助《たつのすけ》からの新たな下知《げち》が必要だ」

孫蔵は宗政の通称を使って言った。

「捗《はかど》っておらぬか。それはいかぬ」

宗政はそう言うなりすっくと立ちあがった。

「いかがした？」

孫蔵が訝しげに見あげる。

「いかがも何もない。様子を見に行くのだ。ついてまいれ」

「待て、待て辰之助」

「なんじゃ？」

「見廻《みまわ》りに行くのはよいが、着替えをしなければ。そのなりでは……」

宗政は自分の派手な羽織と小袖を見て、そうだなとうなずいた。

二

小半刻《こはんとき》（約三〇分）後、宗政は孫蔵を伴って城を出た。出かける前に孫蔵は徒《かち》衆《しゅう》や槍持《やりもち》、そして普請奉行を従えると言ったが、宗政は大仰なことは無用だとあっさり否定し、供連れは小姓頭《がしら》の鈴木春之丞《すずきはるのじょう》と右近、そして馬の口取り二人のみにした。

宗政は打裂羽織《ぶっさきばおり》に野袴《のばかま》という出《い》で立《た》ちに陣笠《じんがさ》を被《かぶ》っている。愛馬の黒鹿毛雲雀《くろかげひばり》に揺られながら八幡《はちまん》街道に出て東に向かうと、すぐに城下町だ。

商家の暖簾《のれん》が春の風に揺れている。寒さはゆるんではいるが、風には冷たい冬の名残がある。町の者たちは馬上の宗政に気づかないのか、道をあけはするが、跪いたりはしない。宗政はそれでよいと思っている。

大きな風呂敷を背負った行商人や、米俵を積んだ大八を引く人足とすれ違う。草履の音を立てて使いに出た商家の丁稚《でっち》がいる。呼び込みをしている若い女中の近くで、立ち話をしている町の女。道具箱を担いで路地に消える職人。店先で客を送り出す奉公人。旅装束の老夫婦もいる。城下には平穏な空気が流れていた。

背後に従う孫蔵が「殿、まずは道普請から見てまいりましょう」と、声をかけてくる。宗政は黙ってうなずく。

道普請は城下の東にある寺田《てらだ》村と小俣《おまた》村のあたりで行われている。城下町を過ぎ天神川《てんじんがわ》にかかる幸橋《さいわいばし》をわたると、町屋が切れて百姓地になる。

麦畑や大根などの野菜畑が広がり、野良仕事に精を出す百姓たちの姿がちらほら見られる。遠くには菜の花畑もある。

麦畑から雲雀が飛び立てば、近くの雑木林から鶯《うぐいす》の声も聞こえてくる。その長閑《のどか》さに反して、宗政の心にはさざ波が立っている。やはり平湯庄を襲った賊のことがあるからだ。

城下から半里（約二キロメートル）ほど行ったところで道普請が行われていた。人夫たちがでこぼこになった道に石や砂利を敷き、杵《きね》や鋤《すき》でならしている。石を入れた畚《ふご》を運ぶ者。鍬《くわ》を使って荒れた地面を削る者。みな、一心に体を動かして汗を流している。

その数は二十人ほどで、差配しているのは普請奉行の下役《したやく》だった。作業をするのは村の百姓たちで、それは夫役《ぶやく》である。

普請作業はほぼ終わりに近いというのが見てわかった。孫蔵がそばに来て、差配役から話を聞くかと言ったが、

「見ればわかる。つぎへまいる」

と、宗政は馬首をめぐらした。

幸橋まで戻ると、天神川の上流に向かった。城下にはこの川の他に、奥平藩から流れてくる絹川《きぬがわ》という大きな川が南方にある。まずは天神川の堤防を見て、絹川に行くことにした。

天神川では堤防の嵩上《かさあ》げ工事が行われていた。蛇行する川の外側、つまり流れの速い場所の土手を高くするのだ。それは数ヶ所あったが、まだ半分しか完成していなかった。

孫蔵が差配役を呼んで進捗具合を尋ねると、あと一月はかかるらしい。宗政は汗を流している人夫たちを眺めただけで、何も言わなかった。怠けている者がいれば叱咤《しった》激励するつもりだったが、その必要はないと感じたからだ。

堤防の嵩上げ工事の他に、橋普請も行われているが、こちらもまだ未完成で日数がかかるということだった。農閑期なので夫役につく百姓たちをもっと増やしたいが、きつい労働をいやがり夫銀《ぶぎん》や夫米《ぶまい》で代納する者がいるという。夫役は年貢の一

種であり、米や金銭の代納が認められている。

「よきに計らえ」

工事差配役の話を聞いた宗政は、短く言ってその場をあとにした。

「つぎは絹川の橋普請でございますが、少しお休みになりますか？」

孫蔵が馬を並べて伺いを立てた。馬の口取りと小姓がいるので、孫蔵は丁重な言葉を使う。宗政はそうしようと応じた。

幸橋のそばまで来ると、一軒の茶屋に立ち寄った。給仕をする店の女は宗政に気づいていないが、藩の重臣だろうと見当をつけているらしく、茶を運んでくると、畏《おそ》れるようにすぐ奥に下がった。

緋毛氈《ひもうせん》の敷かれた床几《しょうぎ》に座り茶をすする宗政は、じっと遠くの空を見て、

「賊は見つからぬか……」

と、ぽつりとつぶやいた。

「町奉行と目付が捜していますが……とんと……」

孫蔵は酢を飲んだような顔をした。この一月ほど、宗政が何度も同じことを愚痴るからだ。

「わしも一学が申すように左近殿の仕業かもしれぬと思うたが、わが国の隣にある

のは奥平藩だけではない。南は扶桑《ふそう》藩榊原《さかきばら》家、東には若州《わかす》藩若州家、そして北には大松《おおまつ》藩大松家がある」

　孫蔵の視線を横顔に感じながら、宗政はつづける。

「賊はその三家のいずれかから来たのかもしれぬ。下郷陣屋を襲った賊は、絹川のほうに逃げた。行方をくらましやすいのは、上流にある奥平藩ではなく、下流の若州藩、あるいは扶桑藩だが」

「若州家か榊原家があやしいと……」

「いや、その二藩と当藩には何の確執もない。そうであるな」

「いかにも」

「されど、こうも考えられる。賊は若州藩か扶桑藩に棲《す》みついているのかもしれぬ」

「そうであれば、いかがなさいます？」

「見つけたらただではおかぬ。わしは大事な家来を殺されたのだ。陣屋も焼かれてしもうた」

「百姓たちも殺されています」

「だから許せぬのだ」

「それがしも同じ気持ちでございまする」

宗政はいつになく真剣な目を孫蔵に向けた。

「絹川の橋普請を見て城に戻ったら、小林半蔵《こばやしはんぞう》から話を聞きたい」

小林半蔵は賊捜しに奔走している目付頭である。

「承知いたしました」

「まいるか」

宗政は立ちあがって自分の馬に跨《また》がった。

三

城下の普請は捗々しくないと宗政に報告した孫蔵だったが、宗政は自分の目で普請現場を視察したあとで、

「みなよくはたらいておる。案ずることはなかろう」

と、答えた。たしかに普請作業は遅れているが、夫役についている者たちは怠けてはいなかった。今日がたまたまそうだっただけなのかもしれないが、作業の遅れは人夫不足によるものだということがわかった。

孫蔵は現場を見て宗政が差配役らを叱責するのではないかと、内心で心配していたがそれは杞憂《きゆう》だった。それより、宗政が賊に襲われた平湯庄のことに、心を砕いているのをあらためて思い知った。

城に戻るなり、孫蔵は目付頭の小林半蔵と郡《こおり》奉行の田中三右衛門《みつえもん》を呼び出して、宗政と面談させた。

面談の場は本丸御殿内の藤之間であった。

「城下の普請を見に行ってまいったが、みなよくはたらいておった。工事の遅れは人が足りておらぬせいだということがわかった。まま、それはいたしかたなかろう。遅れておってもいずれ普請は終わる。それより……」

宗政は半蔵と三右衛門の顔を眺めて言葉を切った。そばに控える孫蔵は、つぎに何を宗政が言い出すのか気になる。ときに突拍子もないことを口にしたり、こやつうつけではないかと疑うような行動に出たりすることがあるからだ。

しかし、このときはいつにない真顔であった。

「賊のことだ。どこまで調べは進んでおる。もう一月はたっておるのだ」

半蔵と三右衛門は短く顔を見合わせ、それからうつむいた。

「なんだ。まだ手掛かりはないのか？」

て答えた。

宗政は二人をにらむように見る。偉丈夫であるしその眼光は鋭い。半蔵が畏縮して答えた。

「じつはいっこうにわからずじまいでございます。いえ、賊の尻尾《しっぽ》をつかもうと捜してはいるのですが……」

半蔵は四角い顔をこわばらせて言葉を濁した。

「捜してはいるが尻尾もつかめておらぬと申すか」

「申しわけもございませぬ」

宗政は小さなため息を漏らして、三右衛門を見た。

「それがしもたびたび平湯庄に足を運んでは、賊の足取りを追っていますが、どうにもわからぬままで……」

宗政は落胆のため息をついてから口を開いた。

「わしはよくよく考えた。賊は三度平湯庄を襲い、百姓らに乱暴狼藉《ろうぜき》をはたらいた。そして四度目と五度目は百姓らには手を出さず、警固をしていた徒衆を襲い、建てたばかりの陣屋を襲った。なにゆえ、四度目と五度目は百姓らに手を出さなかった。そのことが気にならぬか……」

孫蔵は「ほう」と内心で感心する。辰之助もなかなか深いところまで考えるようになった。

「たしかにそれは奇異なことでございまする」

三右衛門は神経質そうな狐顔《きつねがお》を宗政に向けた。

「賊の狙いは当初から百姓たちではなく、平湯庄の治安を乱すことだったのかもしれませぬ」

「陣屋を襲ったのも、平湯庄の百姓たちの不安を煽《あお》るためだったと考えることもできまする」

半蔵が言葉を添えた。

この二人、いま口にしたことを何度も話し合っているのだと、孫蔵は感じた。

「賊はなにゆえさようなことを企てたと考える？」

半蔵は短く逡巡《しゅんじゅん》してから答えた。

「恐れながら申しあげます。賊は当家をつぶすために平湯庄を襲ったのではないかと」

孫蔵はくわっと目を開いた。宗政も驚いたように目をみはった。

「当家をつぶすために……」

「治国《ちこく》に乱れがあれば、目を光らせているお上《かみ》は黙ってはいませぬ。まして、当家は外様《とざま》でございまする。お上がとくに西国の外様に注意の目を向けているように、当家にも向けていれば、用心が必要でございます。悪い噂《うわさ》が流れれば、改易、あるいは転封ということが考えられます」

「馬鹿な」

孫蔵が思ったことを、宗政が首を振って吐き捨てた。まさに馬鹿な、であったが、孫蔵は全否定する気にはならなかった。じつは平湯庄を襲った賊は、隣の奥平藩をはじめとする他国の陰謀ではないかと以前から疑念を抱いていたからだ。

その土地を、宇佐美家がほしがってもおかしくはないと、一学は言うのだ。

しかし、ほしいと思っても安易に自分のものにできるものではない。

「もし、その推量があたっておれば、背後で賊を操っている者がいるということになる。それはいったいどこの誰だ？」

「ここだけの話でございまする。それは、おそらく奥平藩宇佐美家ではないかと……」

半蔵は声を抑えて言った。孫蔵も心の奥底で同じようなことを考えている。

「大声で言えることではありませぬが、さような推量はできまする」

三右衛門が言葉を添えた。

一瞬、その場に沈黙が訪れた。宗政は乗り出していた体を引いて脇息《きょうそく》に凭《もた》れ、息を詰めた。孫蔵も息を詰めた。

「わしは賊が逃げた方向から、やつらは若州藩、あるいは大松藩、あるいは扶桑藩に潜んでいるとも考えた。さりながら、おぬしらは真っ先に奥平藩を疑っておる。確たる証《あかし》もないままこのことがまかり間違って表に漏れたりすれば、当家の一大事になる。そうであろう」

孫蔵はひたと宗政を見た。

「いかにもさようで」

そう答えた半蔵は、それから耳にしたことがあると言葉を足した。宗政はすぐさま何を聞いたと問うた。

「これはもう少し調べなければなりませぬが、奥平藩内に山賊の一団がいるということがわかりました。八幡街道を西へ行くと、やがて峠になります。その峠の近くに山賊らしき者たちがいると申します。その山賊に旅人が襲われたり、追い剝ぎに遭ったりもしていると言います。もっとも、我が領内のことではないので、どこまで実《まこと》であるかわかりませぬが、捨て置けぬ話です」

半蔵がそう言うと、三右衛門が付け加えた。

「年明けに下郷陣屋が襲われたとき、六人の賊を討ち取っていますが、そのうちの四人は総髪の若い男でした。さらに着物は継ぎのあたった粗末なものでした。まるで襤褸《ぼろ》切《き》れを継ぎ合わせたような代物でした。そして、他の二人は髷《まげ》を結っており、着物に継ぎはありませんでした」

「ふむ」

「四人は賊で、二人は宇佐美家の家来だったのではないかと……」

「しかれども、あのときの賊が奥平藩に逃げた形跡はなかった。逃げるとしたら絹川の下流だと見当をつけた」

宗政は賊の逃走経路を調べているのでそう言うのだ。孫蔵もそうだと思っていた。

「いまのこと頭に入れておくが、引きつづきよくよく詮議せよ」

三右衛門と半蔵は同時に「はは」と頭を下げた。

「それから、宇佐美家への疑いはめったなことで口にするではない」

「御意にございまする」

三右衛門と半蔵はまた同時に答えた。

四

寒さがゆるみ梅の花が散りはじめると、鶯の声が聞かれるようになった。

奥平藩宇佐美家の当主左近将監安綱は、本丸御殿の広座敷で山奉行の原崎惣左衛門《はらさきそうざえもん》に会っていた。

「出立するか」

「はは、山の雪も氷もようやく溶けはじめましたゆえ、明日にでもと考えておりまする」

安綱は、頬骨の張っている惣左衛門を、真剣な目で眺め、ふっと頬をゆるめた。

「金《きん》は出るであろうか。いや、是非にも見つけてもらわなければならぬ」

「昨年、蔓《つる》（鉱脈）を見つけましたので、それがしも見込みがあると思っておりまする」

「予は大いに心あてにしておる」

「はは。さりながら、蔓がいかほど太いか、また金がいかほど埋まっているか、それは掘ってみるまではわからぬことです。あまり心あてにされると、荷が重くなります」

惣左衛門は苦渋の色を浮かべる。

昨年、惣左衛門は領内の北方にある仙間山《せんげんやま》で、金の鉱脈を見つけていた。だが、その埋蔵量は調べてみないとわからない。知らせを受けた安綱はすぐさま鉱脈を探せと命じた。

しかし、山は冬に入っており、雪が降りはじめていた。仙間山はさほど高い山ではないが、奥平藩は高地にあるために積雪量が多く、地面は凍《い》てつき谷川の流れも氷《こお》る。よって惣左衛門は金鉱探しを中断していた。

もし、大きな金鉱を探しあてることができれば、奥平藩は一気に潤う。鉱脈が見つかったという報は、安綱の胸を高鳴らせた。

金山が領内に見つかれば、先代から受け継いでいる借金を返済できる。宇佐美家が譲り渡した平湯庄を取り戻すという策謀も取りやめることができるばかりでなく、江戸表《おもて》にての猟官運動がやりやすくなる。

「いやいや、惣左衛門。予はそなたを頼みにしておる。嬉《うれ》しい知らせを届けてくれ。予は首を長くして待っておる」

「そう言われるとますます荷が重くなります」

惣左衛門は日に焼けた真っ黒い手で盆《ぼん》の窪《くぼ》をかいた。

「ともあれ、当家の将来がかかっていると思い、精を出してくれ。だからといって予は覚悟もしておる。金山など思いもよらぬことである。はじめからなかったものと、腹を括《くく》ってもいる。予の心あてを気にせず、気重にならずに励んでくれ」

安綱は惣左衛門に責任の重さを押しつけるのは酷だと思い、そう言ったが、内心では大いに期待をしているのだった。

惣左衛門が去ると、安綱は脇息に凭れ、宙の一点を凝視した。おそらく惣左衛門は金鉱探しに躍起になるはずだ。もし、見つけることができれば五十石加増し、金の高次第ではさらに五十石加増すると約束している。

当主自ら百石加増を言いだしたのだから、惣左衛門が目の色を変えるのは当然である。

そうはいっても、安綱も落胆したくないので、期待はするがいまはあてにしてはならぬとおのれを戒めてもいた。

だが、期するものがあるのは否めないので、

「金か……」

と、小さくつぶやき頬をゆるめた。

「殿、米原《よねはら》様が見えられました」

入側《いりがわ》に控えている小姓の声があった。安綱が通せと命じると、座敷口に米原銑《せん》十郎《じゅうろう》が跪いて挨拶をした。

「よいからこれへ」

うながされた銑十郎は安綱のそばに膝行《しっこう》してきて再び頭を下げた。

「何用じゃ……。面《おもて》をあげよ」

安綱は静かな眼差《まなざ》しを銑十郎に向けた。銑十郎は馬廻り衆で、いまは安綱と駒岳《こまだけ》の助五郎《すけごろう》との連絡役になっている。

「助五郎から何か言ってきたか？」

「はは。昨日、立神《たてがみ》の里《さと》に行ってまいりました。様子見でござりましたが、助五郎からいつ仕官できるのかと催促を受けました。たびたび同じことを言われますので、殿の助言を賜りたく存じまする」

「そなたは何と申したのじゃ？」

「殿は約束を違《たが》えるお方ではないが、何かと忙しくされておる。いましばらく待つようにと、さように……」

「それで」

「いつまで待てばよいかと言葉を返されました」

「もっともなことだ」

「………」

「江戸参勤が控えておる。その前にはたしかな返事をいたす。さように申しておけ」

宇佐美家の参勤交代は六月である。

「では、さように。それからもうひとつ、平湯庄で一揆《いっき》が起こったことでございまするが、そのことはいかがされます」

安綱は目鼻立ちの整った涼しげな顔を火鉢に向けた。赤い熾火《おきび》がちかちかと燃えている。

銑十郎から平湯庄で一揆が起きたという報告は受けていたが、そのまま捨て置いていた。

「おぬしは百姓たちが一揆を起こした、蜂起したなどと騒ぎ立てるようなことを申したが、そのじつ、平湯庄にそのような動きはなかった」

銑十郎は細い吊り目《つめ》をくわっとみはった。

「おぬしの知らせを受けたあとで、平湯庄を探らせたのだ。たしかにあの地の百姓たちは落ち着かなげではあるが、騒ぎは起こしておらぬ」

「まことでございまするか。しかし、わたしはこの目でしかと見たのですが……」

「百姓らが騒いでいたと申したな。その百姓らが何を叫び何を喚《わめ》いていたか、その声を聞いてはおらぬであろう」

銑十郎は息を呑《の》み、顔をこわばらせた。

「たしかに百姓たちは騒いだであろうが、本郷家への不満を口にしたのではないようだ。それに、いまあの地には新たな陣屋が建て直されている。百姓らはその手伝いをしてもおる。おぬしから知らせを受けたあとで、予はひそかに探りを入れさせているのだ」

「では、わたしの早合点……」

銑十郎は恥ずかしそうに唇を噛《か》んでうつむいた。

「されど、百姓らが騒いだのはたしかなこと」

銑十郎は顔をあげ戻した。

「畢竟《ひっきょう》、椿山藩には治国の乱れがある。そういうことだ」

安綱は片頬に不敵な笑みを浮かべて言葉をついだ。

「案ずるな。このこと参府の折にしかと上様《うえさま》に言上し、ご差配を待つのみだ」

安綱の腹の内には、江戸に行ったら、まずは幕府重臣らに椿山藩本郷家の治国問題を説くという考えがあった。平湯庄に賊が再三出没したことは由々しきことであるし、本郷隼人正に藩主としての能がないことを証拠づけるものになる。

幕府は調べをやるだろうが、隼人正の言い条はおそらく通らぬと安綱は算盤《そろばん》をはじいている。助五郎以下の山賊一統を使っての謀略は、ほぼ成功したと言ってもよい。

「では、もう平湯庄を攻めることは……」

「もう十分だ」

「すると、助五郎たちのはたらきはもう不要だということになりますが……」

「それだ」

安綱はきらっと目を光らせた。

「あやつらがいる山には、五十人ほどが住んでいるらしいな。男は幾人ほどいる?」

鉄十郎は短く視線を泳がせて、子供を入れて三十人いるかいないかだと答えた。

「近々、助五郎を呼び出すのだ。やつらの住んでいる山は、宇佐美家の領地。しかるに、その山に勝手に住みつかれては迷惑千万。これ以上目こぼしをしておくわけにはいかぬ」

「すると……」

銑十郎は凍りついた顔になった。安綱はうむとうなずき、言葉を足した。

「されど、山奉行の惣左衛門が金山を見つけたならば、助五郎とその他数名の者を惣左衛門の下につける。あやつらは山に詳しい。惣左衛門の助《すけ》になろう」

銑十郎の顔にわずかな安堵《あんど》の色が浮かんだ。

「何か存念あるか？」

「いえ、何もございませぬ」

「新たに下知をする。それまで待て」

五

立神の里にも春の兆しがあった。樹木の陰には残雪があるものの、それも日に日に小さくなっていた。雪解けの地面からは蕗《ふき》や黄色い福寿草が顔をのぞかせている。

立神の里とは、篠岳《しのだけ》山中にある小集落で、もともとは落ち武者の集団が住みついたところだった。そして、その集団の長老だった源助《げんすけ》が昨年死に、その跡を継いでいるのが助五郎である。

しかし、駒岳の助五郎には立神の里に居座る気はさらさらない。できるならいまからでも里を出たいと考えている。ところが、昨年、奥平藩の当主宇佐美左近将監安綱から、百石で取り立てるという約束をもらった。

地侍の末裔《まつえい》でありながら、山賊同様の暮らしをしている助五郎にとっては願ってもないことであった。むろん、それなりのはたらきを認められたからである。

（おれは譜代《ふだい》大名家に仕官できる）

助五郎は胸をはずませた。しかし、源爺《げんじい》と慕われていた里の長老源助が、死の間際に助五郎にこっそり告げたことがあった。この山に金があると言ったのだ。

「里の北側を流れる川がある。絹川に注いでいる小さな川だ。その川の上のほうに砂金がある」

助五郎は信じられない思いで目をみはった。すると、源助は川底を笊《ざる》で掬《すく》うときらきらと光る金が出てくると言った。

いまになって考えれば、それが助五郎に対する源助の遺言だったのかもしれない。

いや、もうひとつある。

――尾を途中《とちゅう》に曳《ひ》く

その意味を源助は教えてくれた。誰かに召し抱えられて不自由するより、貧乏しても安らかな暮らしがよいという意味だった。

助五郎はなるほどと思った。たしかにそうであろうと。しかし、いまのままでは人生は浮かばれない。大名家に仕官できれば、腰に大小を差し、大手を振って歩ける。町の者に奇異な目で見られ気味悪がられ、蔑まれることもない。人並みの暮らしができる。

しかし、もし砂金が見つかれば、仕官などくそ食らえである。大名家に仕官できたとしても、家老や奉行などの重役にかしずかなければならない。召し抱えると言った宇佐美左近将監の意に服さなければならない。考えれば窮屈このうえないことだ。

だから助五郎は砂金探しに夢中になっていた。雪が溶けはじめ、川の氷がなくなると、日を置かず篠川《しのがわ》（源助の言った川に、助五郎が勝手につけた川の名だった）の上流に行って砂金探しをつづけていた。

砂金を見つけられるなら金になる。この世は金だ。どんな偉い殿様でも金のある商人には頭を下げると聞いた。そんな商人から金を借りているとも。

とにもかくにもまずは砂金を探すことなのだが、これがいっこうに見つからない。今日も冷たい川に入って砂金探しをやったが、見つからなかった。

足も手も冷えて白くなっていった。半日ほど川底をさらったが、今日も無駄だった。

川下に向かって歩きながら、仲間に手伝わせようかと考えた。そのほうが手っ取り早いのではないかと思った。いままで仲間に砂金のあることを教えなかったのは、まずは自分の目でたしかめたかったからだ。また、仲間に教えれば無駄な諍《いさか》いが起こると危惧もしていた。

この集落で暮らす者たちは互いを信頼しあってはいるが、そのじつ抜け目のない者ばかりだ。純朴そうな顔の裏にこすっからい一面を持ち、他人のものを平気で盗み白ばっくれる。男も女もそうだ。

金が金になるのは誰もが知っている。そして誰もが裕福な暮らしをしたいと考えている。そんな者たちに、いきなり金の在処《ありか》を教えればたちまち諍いが起きるのはわかっている。

「さて、どうするか……」

かじかむ両手に息を吹きかけながら、歩いて川を下る助五郎は考える。まわりの小枝を払いのけ、冷たい川から足を抜き、そしてまた入れて歩きつづける。岩場を流れる川は浅く、清く澄んで日の光をきらきらと照り返していた。

見張場にしている窟《いわや》の下まで来ると、前以《まえもつ》て釣っていた魚を持って岸にあがった。砂金探しに行くときには、いつも釣りに行くと言っているのでそうしているのだ。

女や子供たちが遊んでいる広場に行くと、焚《た》き火《び》をしている六蔵《ろくぞう》のそばへいって腰を下ろした。冷たくなった手と足を火にあてて暖を取る。

「また釣りか。ご苦労なこった」

六蔵はあきれ顔をして小枝を火にくべた。

「飯の種だ。酒の肴《さかな》にもなる」

助五郎は竹串に刺した魚を見せた。まだ小さな魚ばかりだった。

「お城から沙汰はないのか。待たされているばかりじゃねえか」

「この前、米原殿が来たときに催促をした」

「それで……」

六蔵が頬の削《そ》げた金壺《かなつぼ》眼《まなこ》を向けてくる。

「殿様は忙しいらしい。参勤交代で江戸へ行く支度があるらしいのだ」

「ふん。騙《だま》されているんじゃねえか」

「さあ、どうかな」

「おりゃあ、いいように使われているだけのような気がする。そうだろう。殺したくもねえ百姓を殺した。そして、憎くもねえ椿山藩の家来も殺した。そして、仲間も失った。褒美金はもらったが、ただそれだけのことだ」

「たしかに……」

つぶやいて応じた助五郎は、城から使いとしてくる米原銑十郎の浅黒い馬面《うまづら》を脳裏に浮かべた。腹の内が読めない男だ。それなのにこちらの腹を探るような目で見てくる。

正直、何を考えているのかよくわからない。だが、宇佐美左近将監と自分を繋《つな》ぐのは米原銑十郎である。

「おりゃあ、仕官できなくてもいいんだ。仕官の代わりにまとまった金をいただけねえかと考えている。今度、米原さんが来たら相談してくれねえか」

「本気か……」

「こんなこたぁ冗談じゃ言えねえ。よく考えたんだ。召し抱えてもらったところでおれに何ができるかとな。そもそもおれは、お武家の作法を知らねえんだ。そんなやつがいきなり召し抱えられたからといって、殿様の家来どもとうまくやれるかなと……。おれはできねえような気がする」

六蔵はそう言って、木々の間を斜めにすり抜けている光の筋を見た。広場では子供たちがはしゃぎ声をあげて遊んでいる。女たちは薬や寄せ木細工を作ったり、小さな畑を耕したりしている。そこには貧しいながらも平穏な暮らしがあった。

「金をもらってどうする？」

助五郎は聞いた。

「まとまった金が手に入れば、ここを出ていく。どっかの町へ行って小さな商売でもはじめる。てめえの食い扶持《ぶち》ぐらい稼げる商売だ。何をやるか、そこまで考えちゃいねえが……」

「仕官したくねえか」

「窮屈な暮らしになるなら、断って金をもらったほうがいいと思うんだ。そうしたほうが相手だって楽だろう。お武家の礼儀も作法も知らねえんだ。そうは思わねえか」

「まあ、そうだな」

「源爺がよく言っていたよ。無いが極楽知らぬが仏ってな」

「言っていたな。おれは意味がわからねえで聞いていたが……」

「なんだ聞き流していたのか。あの子供たちと同じだ」

六蔵は広場で遊んでいる子供たちを眺めて言葉をついだ。

「贅沢《ぜいたく》や世間のことを知らなきゃ悩むことなく、貧乏でも幸せでいられるってことらしい。たしかにそうだと思う。なまじ、世間のことを知ったおれたちゃ、そうはいかねえが……」

助五郎は砂金のことを打ち明けようかと、短く躊躇《ためら》った。六蔵は信用のおける男だ。人を裏切るような男ではない。

「六蔵、おれも仕官は断るかもしれねえ」

「へえ、そりゃあどうしたことだ。おめえは晴れて武士になれる。大名家の家来になれると喜んでいたじゃねえか」

「考えがある」

助五郎はぼんやりと広場を眺めて逡巡した。砂金のことを話せば、六蔵がどう出てくるかを予測した。ひょっとすると、独り占めしようと企むかもしれない。六蔵は知恵者だ。

「まあ、今度話そう。たいしたことじゃねえ。おれは魚を料理しよう」

助五郎はそう言って立ちあがった。

「たいしたことじゃねえなら聞かなくたっていいさ」

六蔵の声が背中にあたった。

助五郎は広場に向かいながら、それがたいした話かもしれねえんだ、と心中でつぶやいた。立神の里はゆっくり暮れはじめていた。

六

数日後のことだった。

「助五郎さん、お城から米原銑十郎さんが来ました」

吾市《ごいち》の知らせを受けたのは、助五郎が家の前で焼いた山鳩《やまばと》の肉にむしゃぶりついているときだった。

「どこだ？」

助五郎は光る目を吾市に向けて、口の端についた肉汁を指でぬぐった。

「窟に待たせています」

助五郎はどうしようか迷った。窟は北側の崖にある見張場だった。

銑十郎に会うときは、その窟を使うことが多い。広場のある集落に何度か案内したが、銑十郎との話は他の者にはあまり聞かせたくないので、やはり窟を使う。だが、今日は集落で話そうと思った。

「ここへ案内するんだ」

吾市が去ると、助五郎は口ひげを撫《な》でて立ちあがり、広場を見下ろせる高台に身を移した。丸太で作った腰掛けがあり、そこで話をすることにした。

しばらくして吾市の案内を受けた銑十郎がやってきた。供侍が二人ついている。

助五郎は立ちあがって銑十郎を待ち、

「いつ見えるかと首を長くして待っていたんです」

と、挨拶も抜きで、銑十郎を腰掛けにうながした。助五郎はその隣に腰を下ろし、吾市に向こうへ行っていろと人払いをした。

「ここは長閑であるな。いつも思うことであるが……」

銑十郎は広場にいる女や子供たちを眺め、少しだけ頬をゆるめた。

森閑とした森の奥から鳥のさえずりが聞こえてき、広場で楽しそうに遊ぶ子供たちの笑い声があった。

「仕官のことですが……」

催促をして半月がたっている。その返事を銑十郎が持ってきたのだろうと、助五郎は推測した。

うむ、とうなずいた銑十郎が、馬面のなかにある細い目を向けてきた。当初、その目には強い警戒心があったが、何度も会ううちに目にあるかたさが取れていた。少なからず助五郎に気を許している証であろう。

「殿は待たせてばかりで申しわけなく思っておられるが、そこもとのことは常に考えておられる」

「………」

　助五郎は黙ってつぎの言葉を待つ。相手は多少なりと気を許していそうだが、油断はできない。しかも、腹の内が読めぬ宇佐美左近将監の使者だ。

「殿はこの夏、参勤のために江戸へ行かれる。その前に、おぬしの身の置き所を考えなければならぬとおっしゃっておる」

「いつ召し抱えてもらえると……」

「まあ、待て」

　銑十郎が遮ったとき、若い女房が茶を運んできて、銑十郎と助五郎にわたした。吾市が気を利かせたのだ。吾市は下にある広場からこちらを見ていた。

「おぬしは山に詳しいな。まあ、こんな山のなかで暮らしているのだからもっともであろう」

「山がどうかしましたか？」

「当家には山奉行がいる。ここにも何度か足を運んでいるはずだ」

助五郎は知っていた。原崎惣左衛門という頰骨の張った男だ。言葉を交わすことはほとんどないが、源助が生きているときから山奉行には礼を失するなと言われているので、来る度に里で作った熊の胆《い》を渡していた。熊の胆は高値で取引できるから、惣左衛門は黙って受け取り、そのまま何も言わずに去るのが常だ。

「原崎殿がどうかしましたか？」

助五郎は銑十郎の言わんとしていることがわからない。

「その原崎殿におぬしをつけたらよかろうと、殿はおっしゃる。異存があれば聞いておきたい」

「山奉行……」

助五郎はゆっくり茶に口をつけた。

「気にいらぬか？」

「いや。殿様はおれを百石で召し抱えると約束された。山奉行の下役になっても百石なのでしょうか？」

「そうなる」

「他の仲間も召し抱えると言われています」

「その数は何人だ？」

助五郎は仲間の顔を脳裏に浮かべた。六蔵、吾市、伊助《いすけ》、十郎《じゅうろう》、佐吉《さきち》、小四郎《こしろう》。

「六人」

ふむと、銑十郎はうなって茶をすすった。

「六人はちと多いかもしれぬが、お伺いを立ててみよう」

「無理なら仕官の代わりに相応の金をもらいたい」

助五郎は吾市から言われたことを思い出して打診した。銑十郎の眉が動いた。

「金を……。いかほど所望する？」

助五郎は忙しく皮算用した。百両、いや二百両ぐらい吹っかけるか。

「まあ、殿様に二十年は仕えるとして二百両……」

「おぬしを入れて七人ということか……」

銑十郎が眉宇をひそめて見てくる。

「おれは百石で召し抱えられるのでしょう。他の者たちのことです」

「すると六人で千二百両……。たいした金高だな。ま、それも伺いを立てるしかないが、気がかりなことがある」

「なんです？」

助五郎は内心で身構えた。

「この山は奥平藩の領地である。つまり宇佐美家のもの。おぬしらは年貢を納めておらぬ。それも長年にわたってだ。それは先代からの目こぼしである」

助五郎はまばたきもせず、眼光鋭く銑十郎を眺める。

「おぬしらは奥平藩の領民である。そうだな」

「……それはどうかな」

藩から恩恵は受けていない。たしかに年貢などは納めていない。納める金がないからでもあるが、年貢の代わりになる夫役にもついていない。

「藩の領地に住んでいるかぎりは領民だ」

はっきり言われると、助五郎には返す言葉がない。

「百姓も町人も、この国に住んでいるかぎりは年貢を納め、助郷《すけごう》や夫役にもつく。それがあたりまえのことだ。さりながら、この里に住む者たちには何も課せられておらぬ」

助五郎はじっと銑十郎を見た。こやつ、おれたちから年貢を取り立てるつもりで来たのかと思った。たしかに銑十郎の言うことはもっともかもしれないが、これまでそんなことを言われたことはない。藩からの通達もなかった。

「ここにいる者たちは無宿だ。藩の人別帳にも載っておらぬ」

だからどうだというのだ、と助五郎は銑十郎を見る。

「いつまでもこのまま放っておくわけにはいかぬのだ。いずれ、ここを出て行ってもらうことになる」

なにを、と助五郎は目力を強め、拳をにぎり締めた。

「ここからおれたちを追い出すと……」

「しかたあるまい。その代わり、身分を与える。百姓、町人、職人のいずれかだ」

「身分をもらってどうなります?」

「各々職に就くということだ。この山を出て城下や里で暮らしてもらう。悪い話ではなかろう」

助五郎は銑十郎の訪問の意図をやっと理解した。しかし、素直に納得できることではない。これまでの暮らしを捨てて、いきなり町や里で生活することになるのだ。喜ぶ者もいるだろうが、応じない者もいるはずだ。

「それはいつのことです?」

「すぐにというわけではないが、そう先のことではない」

銑十郎は言葉を濁した。

「はっきり教えてくれなきゃ困ります」

「それは殿の一存である。拙者が言うことではない。ともあれ、そのことみなに伝えておくとよかろう」

銑十郎はそう言うと黙って立ちあがった。

「では、さようなことだ」

助五郎は背を向けた銑十郎を黙って見た。仕官の話はあったが、半分は脅しと同じだった。すぐに呑める話ではないが、宇佐美家は本気で自分たちをこの山から追い出すつもりなのだ。

「そうだ」

銑十郎が何かを思い出したように立ち止まって振り返った。

「この山を出よという沙汰が下される前に、おぬしらが姿を消すのは勝手だ。藩はそこまでおぬしらを縛りはせぬ」

助五郎は銑十郎を見返した。だが、さっきとは違い銑十郎の目には慈悲の色が浮かんでいた。

（どういうことだ……）

「では、まただ」

銑十郎はそのまま歩き去った。

七

「ふふ、そう来たか……」

銑十郎から報告を受けた安綱は、本丸御殿御座所でつぶやいた。

さて、どう始末をつけたらよいものかと考えるが、中老の西藤《さいとう》左門《さもん》からの諫言《かんげん》が胸のうちにある。

左門は助五郎ら山賊はあまり信用できない、過分に取り立てるのは慎むべきだと言った。むろん、安綱もそのことは重々承知している。

何より助五郎たちは平湯庄を襲った賊である。そのことが本郷家に漏れれば一大事。おのれの出世どころか、大名の地位を追われかねない。軽くても減封か転封、悪くすれば改易も免れないだろう。

そのことは平湯庄を混乱に陥れたときからわかっていた。だから、安綱は秘密裏に助五郎ら山賊を動かしてきた。うまく手駒にしてはいるが、どこでどうなるかしれたものではない。相手は無宿の無法者で、うまく手なずけておかなければならない。

いま、安綱の前には左門と、家老の鮫島佐渡守軍兵衛《さめじまさどのかみぐんべえ》が座っていた。二人ともつい先刻立ち去った銑十郎の報告を聞いている。

「左門、いかがなものかな……」

安綱は落ち着いた顔で問うた。

「助五郎以下、六人も召し抱えるのには難がございましょう。あの者たちは武家の礼儀作法も知らぬのです。家臣どもとうまく付き合うことはできますまい。いや、それればかりではなく家中に面倒を起こすやもしれませぬ」

「佐渡、おぬしはどう思う？」

安綱は軍兵衛を見た。

「危のうございます。召し抱えるとしても、助五郎の他に二人がせいぜいでございましょう。召し抱えなければ、一人につき二百両を払えというのはあまりにも無茶な話です。それより、助五郎らの口をどこまで封じることができるか、まずはそのことを考えるべきでしょう。彼《か》の者らは平湯庄を襲った事実を知っています」

軍兵衛は大きな口に太眉、団子鼻といういかつい顔をしているが、従順で見識の広い男だ。安綱はおぬしは「鬼役」となって、予の右腕になれと命じている。そして、その通りのはたらきをしている。

「助五郎を百石で召し抱えるという約束は致し方ないとしても、他に二人抱えるなら三両二人扶持がせいぜいでございましょう」

「そうなれば他の者たちがどう出てくるか、それが気がかりだ。相手は海千山千の山賊。へそを曲げたらどうなるかわからぬ」

軍兵衛は左門を見た。

「殿、ひとつお伺いしますが、向後《こうご》もあの山賊らをお使いになるおつもりでございましょうか？」

左門が四角い顔を向けてきた。安綱は細密な意匠を凝らしてある欄間を短く見てから、左門に視線を戻した。

「金山が見つかれば、助五郎らを使ってもよい。助五郎は山奉行の下役としてはたらいてもらう。他の者はその配下につけてもよいと考えていた」

「金山が見つからなければ、いえ、心あてどおりの蔓がなかったならばいかがなさいまする」

軍兵衛だった。

「助五郎を召し抱えるのは難しくなろうな」

「そのときは……」

安綱が言葉を切ると、左門がたたみかけるように口を開いた。

「やつらは篠岳山中に勝手に住み暮らしている不届き者です。往還に出て旅人を襲い金を巻きあげたり、追い剝ぎをしたり、ときに乱暴をくわえてもいます。つまるところ罪人でございましょう。口を封じるためにも、捕縛して牢《ろう》に入れる他に道はないかと思いますが……」

左門は目を光らせて安綱を見る。

「口封じであるか」

「それが無難だと考えます」

「佐渡、そなたはどう考える」

「拙者も左門の考えに異存はありませぬ。これ以上、あの山賊を使うのはいかがなものかと危惧いたします」

「すると予は噓《うそ》つきの悪者になるということか……」

「たとえ、そうだとしても非難する家臣はいませぬ。この国のためにも山賊を取り締まる。あの者たちがいかほど誹《そし》ろうが、それは独り相撲でございましょう。殿が懸念されることではありませぬ」

軍兵衛も左門も強硬なことを言うが、安綱のなかにも二人と同じ考えがあるのはたしかだ。だが、できるなら助五郎だけでも召し抱えてもよいのではという揺れがあった。それは甘い考えであろうか。安綱はおのれの心の整理ができぬので、二人の考えを聞いているのだった。

「助五郎らの住んでいる山には、約五十人が暮らしているそうだ。その者たちをみな牢に入れるのはいささか難儀ではあるまいか」

「殿、ご懸念には及ばず。女子供は別にして、男どもを仕置きすればよいのです」

軍兵衛だった。

「いや、それは甘い。仕置きするなら全員でなければならぬ」

左門がたたみかけた。

「仕置きか……」

「平湯庄を襲ったということを漏らさぬためには、それしかないと思います。放っておけば、殿の首が危なくなりますぞ」

左門がじっと見てくる。安綱も気持ちを固めた。平湯庄ではそれなりの騒ぎを起こした。椿山藩に内乱が起きたことを、事実として幕府幕閣に知らせることができる。当初の目的はそれで十分果たせたはずだ。

「よかろう。あとの取りまわしはそのほうらにまかせる」

安綱はぐっと目に力を入れて二人を見ると、そのまま立ちあがった。

「よきにはからえ」

第二章　背　信

一

椿山《つばきやま》城本丸御殿前の庭で茶会が開かれていた。

茶会は遅れていた領内の普請がようやく竣工《しゅんこう》した祝いでもあった。庭には緋毛《ひもう》氈《せん》の敷かれた床几《しょうぎ》がいくつも置かれ、日傘が立てられた。庭の片隅には小さな舞台が設けられ、琴や笛、鼓などの音曲《おんぎょく》が静かに奏でられていた。

木蓮《もくれん》や桃、鈴蘭《すずらん》、杏《あんず》の花が春の日差しを浴びてほころび、鯉《こい》の泳ぐ池泉は真っ青に晴れた空を映し取っていた。

「ようやく一段落でございまするな」

宗政《むねまさ》のそばにやってきた鈴木《すずき》多聞《たもん》が頬をゆるめて言った。城代を兼ねる国家老である。頭髪が薄いので後頭部に髷《まげ》をちょこなんと結っている。

「一段落と言いたいところだが、平湯庄《ひらゆしょう》にあらわれた賊の始末は終わっておらぬ。賊の尻尾《しっぽ》もつかめぬままだ」

宗政が憮然《ぶぜん》とした顔で応じると、多聞はいつになく鷹揚《おうよう》なことを言う。

「殿、陣屋も建て替えが終わりましたし、街道には新たに木戸を設けました。平湯庄の警固は万全でございましょう。賊のことは気がかりではありますが、あれ以来災いは起きる気配がありませぬ。過ぎたことと言ってしまえば、それで終わりですが、二度と同じことが起きぬよう対策を取っているのです」

宗政は床几に座ったまま西のほうに目を向けた。平湯庄の方角である。賊の襲撃で焼け落ちた陣屋を再び再建し、八幡《はちまん》街道には通行人の検閲をする木戸を設けた。関所ではないが、街道の監視所であった。

陣屋は以前と同じように「下郷《しもごう》陣屋」と呼んでいる。下郷村にあるからだが、平湯庄には他に山崎《やまさき》村、岩下《いわした》村、中小路《なかしょうじ》村がある。四ヵ村だが、実り多い領地で、藩になくてはならない土地だ。

「多聞、口を慎め。わしは過ぎたことにはしとうない。村の百姓が何人殺された？殺された家来も三十四人いるのだ。そのことを忘れとうない」

宗政がぴしりと言うと、多聞はひょいと首をすくめ、

「これは口が滑りました。どうかご寛恕《かんじょ》を」

と、頭を下げた。

「まあよい。今日は目出度《めでた》い日である」

宗政は茶碗酒《ちゃわんざけ》を飲んだ。茶会ではあるが酒も振る舞われている。奥女中があちらこちらに置かれた床几をまわり、家臣らに酒を注《つ》ぎ足している。

莫蓙《ござ》の上に毛氈を敷いた特設の茶屋では、坊主が茶を点《た》ててもいる。

「殿様、殿様、飲んでおいでですか」

おたけがそばにやって来た。にこにこ顔で遠慮もせず隣に来て、大きな尻を突き出して座った。どこから見てもおかちめんこだが、宗政のお気に入りの側女《そばめ》である。

昨夜もたっぷり可愛《かわい》がってやったのでご機嫌の様子だ。

だが、刺《とげ》のある視線がすぐに飛んできた。宗政はその視線の主を見た。亀《かめ》と才《さい》という側女だった。憎々しげな目をおたけに向け、そして宗政と目があうとぷいと膨れ面《つら》をしてそっぽを向いた。

(今夜は亀か才を相手にしてやろうか……)

宗政はちらりとそんなことを思った。ご機嫌なおたけは、鈴蘭の花が可愛らしい

けれど、わたしは連翹《れんぎょう》が好きだなどと勝手なことをしゃべっている。

「伊作《いさく》は元気であろうか？」

宗政はおたけの父親のことを気にした。

「おとっつぁんは相変わらずのようです。わたしが殿様に気に入られて喜んでいます。でも、わたしもたまには会いとうございます」

おたけの父親である宝《たから》村の百姓伊作は、昨年、宗政に百姓仕事を指南してくれた。土を耕し畝《うね》を作り、汗を流した。

「来月には江戸参勤でわしは国を留守にする。その折に会いに行くがよかろう」

「そうさせていただきます。でも、殿様が江戸に行かれると思うと、いまから淋《さび》しゅうございます」

「たった一年のことだ」

「一年は長《なご》うございますよ」

おたけはいやいやをするように大きな体を揺すり、袖を噛《か》んだ。

「あっという間だ。お、一学《いちがく》これへ」

近くを佐々木《ささき》一学が通ったので、宗政は呼び止めてそばに呼び、おたけに人払いだと言って下がらせた。

「殿、本日はおめでとうございまする」

一学は挨拶をして聡明《そうめい》な顔を向けてきた。色白で細面《ほそおもて》、すらりとした体つきは一見頼りなさそうに見えるが、機転の利く知恵巧者で、用心深く行動する切れ者だ。

「目出度いことは目出度いが、心の底から喜ぶことはできぬ」

「平湯庄のことでございまするか」

「いかにも。そなたはあの賊は左近《さこん》殿の差し金ではないかと疑っておるが、もしそれがあたっておればいかがする？」

「あってはならぬ由々しきことゆえ、お上《かみ》に訴える他ありますまい」

「訴えたらどうなる？」

一学は短く思案するように遠くを見てから答えた。

「聞き届けられれば、宇佐美《うさみ》家に調べが入り、白黒つけられるでしょう。されど、左近様はその前に手を打たれるでしょう。いや、すでに打っておられるかもしれませぬ」

「おのれの仕業だということを隠蔽すると……」

「おそらく。それに、江戸表《おもて》にて証拠隠しの工作をされるかもしれませぬ。そうなれば訴状を出しても無駄になるばかりでなく、殿に厳しい目が向くやもしれませぬ」

「なに、わしに……」

宗政は目をひん剝《む》いて一学を見た。

「本郷《ほんごう》家の言い掛かりだとなじられれば、立場が悪くなるでしょう。相手は譜代《ふだい》大名家です。それに左近様は老中らに顔が利きます。その老中らをうまく言い含めれば、軍配は当家ではなく宇佐美家にあがることになるかと……」

「馬鹿な」

「たしかな証拠をつかむことができれば難を逃れるばかりでなく、先方に痛手を与えることができましょう。さりながら、平湯庄にあらわれた賊が、左近様の差し金であったというたしかな証拠はありませぬ」

「その証拠をつかむことはできぬか」

宗政は真剣な目を一学に向ける。

「奥平《おくだいら》藩領内に入って調べることができればよいのですが、難しいことです」

「ならばどうすればよい」

「殿、賊の背後に左近様の影があるのではないかというのは、あくまでも推量でございます」

「ま、そうであろうが……」

「殿、このこと密《ひそ》かに調べてみたく存じますが、いかがでございましょう？　もし推量が外れていれば、それはそれで幸いですが」

「できるか？」

「打つ手立てはあります」

宗政はまじまじと一学を見た。

「やってくれ」

二

椿山藩の参勤交代は四月である。出立までもういくらもなかった。

宗政は出立を三月二十三日としていたが、一日遅らせ二十四日に参勤行列を整えた。遅らせたのは一学が奥平藩に放った密偵からの報告を聞くためであった。

その報告を受けたのは二十三日の夕刻だった。

一学が宗政の執務する奥書院を訪ねてきて、密偵から知らせがあったと言った。

「それで……」

「疑わしきことはあります。ありますが、賊の背後に宇佐美家が絡んでいるというたしかな証《あかし》を立てるまでの調べはできておりませぬ」

　宗政は一学の細面を静かに眺めた。

「疑わしきことがあるというのは、どういうことだ？」

「宇佐美左近様の領内には、地侍の住みついている山があります。篠岳《しのだけ》山中にある集落で、土地の者たちは立神《たてがみ》の里《さと》と呼んでいるそうで、そこに住んでいる者たちの着ているものが、平湯庄で討ち取った賊の着衣に似ていると申します。獣の皮で作った羽織や手甲《てっこう》をつけているのです。着物は襤褸《ぼろ》を継ぎ足したものばかりで、誰もが総髪です」

　宗政は目を光らせた。年明けに平湯庄が襲われた際、六人の賊を討ち取っていた。宗政はその死体を検分している。

　六人のうちの四人はいずれも若者で、粗末な着物を着ていた。それに総髪で、獣の皮を利用した羽織を身につけていた。着物は一学が言ったように襤褸だった。

「その立神の里で暮らしている地侍どもと、宇佐美家のつながりはないのか？」

「これがはっきりいたしませぬ。ときどき、訪ねる宇佐美家の者がいるらしいのですが、果たしてその者が左近様の使いなのか、役目柄訪ねて行っているのかよくわからぬと申します」

「ただ、里で暮らす百姓たちは、その地侍を山賊と呼んでいると申します」

「山賊」

「ときに街道荒らしをしているそうなのです。それに宇佐美家はその者たちから年貢も取り立てていないそうで……」

「なにゆえ、宇佐美家はそんな者たちを放っておくのだ？」

　一学は首を振ってわからないと言った。

「街道を荒らす山賊が平湯庄を襲ったという証拠はないだろうか？」

「立神の里の者が、平湯庄を襲ったと証すものは見つかっておりませぬ」

　宗政は思案をめぐらすように視線を彷徨《さまよ》わせた。

「ならばしかたあるまい。平湯庄の警固は厳重にしておる。これ以上賊があらわれることはないであろう。それにここしばらくはあの地にも平穏が戻っている。様子を見るしかあるまい。大儀であった」

　宗政は割り切りの早い男である。平湯庄を襲われたことを忘れはしないが、言葉どおり様子を見ることにした。

　そして、一学から報告を受けた翌朝、江戸へ向けて出発となった。

大手門《おおてもん》に集まった家臣らの見送りを受けて、宗政一行は順々に城をあとにした。

行列を大きく分けると、先払いの足軽や挟箱持《はさみばこもち》などを先頭に、弓持の一隊・槍《やり》持《もち》の一隊・鉄砲持の一隊・そして当主を乗せた乗物周辺を警固する本陣の一隊、殿《しんがり》が長持や沓籠《くつかご》・挟箱持、馬の世話をする口付《くちつき》といった按配《あんばい》になる。

宗政のいる本陣には大名の権威を象徴する小馬印や毛槍持がつき、小姓《こしょう》の他に供《とも》番《ばん》侍、あるいは鉄砲持や槍持などが固める。行列の総勢は三百人ほどである。

宗政は乗物が大手門を出る際、御簾《みす》を開けて表を眺めた。大勢の見送りのなかにおたけがいた。涙で袖を濡《ぬ》らしながらしばしの別れを惜しんでいた。

(忍従じゃ……)

宗政は胸のうちでつぶやき、おたけにうなずいてみせた。

一行は八幡街道を東へ下り、若州《わかす》藩若州家領内を通って東海道《とうかいどう》に出ると、蒲原《かんばら》宿《しゅく》で一泊したのち江戸へまっしぐらである。おおむね七日から八日の旅程だ。

乗物に揺られる宗政は参勤が億劫《おっくう》だ。というより、江戸に行ってもこれといった楽しみがない。肩の凝る登城日のことを考えると、ますます気が塞ぐ。

「殿、殿……」

乗物の外から声がかけられた。御簾を開けると、騎馬の孫蔵《まごぞう》だった。

「なんだ？」

「江戸までの辛抱でございまする。途中の宿場ではおとなしくしていただきます」

「何を言いやがる」

「頼みます」

　孫蔵は目礼をして下がった。諫言《かんげん》されることに心あたりがある。江戸から帰国のときにも、江戸へ参府する折にも、宗政は家臣を集めて酒盛りをやる。

　その度が過ぎるのだ。宗政は酒豪だが、家臣のなかにはあまり酒の強くない者がいる。無理に飲まされ二日酔いで、その一隊だけが遅れるということがあった。また宗政は宿泊する本陣から抜け出して、宿場の居酒屋で浴びるほど酒を飲み、土地の者と喧嘩《けんか》沙汰を起こしたこともある。

　相手は大名だと知らずに食ってかかってくるが、偉丈夫の宗政はいともあっさりとねじ伏せ、宿役人から注意を受けたことがある。孫蔵が間に入って取りなしたが、役人らは相手が大名だと知って腰を抜かした。

「わかっておる」

　宗政は独り言のようにつぶやいてから目をつむった。国許《くにもと》の風景が甦《よみがえ》り、豊かな平湯庄が脳裏に浮かぶ。瞼《まぶた》の裏にはもちもちとしたおたけの肉体がちらつく。

（おたけの伽《とぎ》がないと、淋しいのぉ……）

しかし、行列の足が進むうちに、

（江戸にも楽しみがある）

と、おのれに言い聞かせる。田舎《いなか》にはない華やかな江戸の町は心を浮き立たせる。それに料理屋には芸者衆を呼ぶことができる。

登城日を考えると気が重くなるが、それ以外の日は自由だ。

（羽を伸ばして気を紛らわせるしかあるまい）

安穏としたことを考える宗政ではあるが、此度《こたび》の江戸参府には厄介事が待ち受けていた。

三

周囲の山々に桜の花が咲いたのは束《つか》の間《ま》で、季節はあっという間に夏になった。

奥平藩宇佐美家は江戸参府の準備に追われ、慌ただしくなっていた。

安綱《やすつな》は江戸行きを待ちわびるような思いでいたが、国許を離れるのを惜しむ心もあった。何より、仙間山《せんげんやま》に金鉱が見つかるかもしれぬという期待があるからだ。もし、金鉱が見つかればいっきに国は潤う。先代から引き継いでいる借金の悩みも、また江戸表で猟官運動に必要な費《つい》えも心配しなくてよい。

しかし、金鉱探しに出ている山奉行の原崎惣左衛門《はらさきそうざえもん》からの吉報は、届けられないままだった。

（あやつらいったい何をやっておるのだ）

期待するあまりに腹も立つが、金鉱探しに苦労しているのかもしれぬと思いもする。何度か使いを出して金鉱探しの進捗具合を聞いているが、

「細い蔓《つる》（鉱脈）を見つけたらしく、いまは太い蔓探しをやっているそうでございます」

戻ってきた使いはそう言った。

「太い蔓があるのか？」

「そのようです」

安綱は目を輝かせた。

「して、細い蔓からはいかほどの金が出る。そのことを聞いておらぬか？」

「細い蔓は混ぜ物が多く、金の選《よ》り分けには時を要するので、やはり太い蔓を探すのが一番だということでございました」

「すると太い蔓があるのだな」

「さようなことだと思いまする」

使いの者は詳しいことはわからないので、一度山奉行の原崎惣左衛門を城に呼び戻して、直接尋ねてみてはいかがでしょうと言葉を足した。

安綱はそのことも考えたが、惣左衛門が山から離れる間に作業が遅れるのではないかと危惧し、太い蔓が見つけられた折には、山から使いの者を城に走らせる手はずを取れと申しつけた。

今日か明日かと吉報を待っているが、山からの連絡は途絶えたままだった。その間に安綱は領内にある刈谷《かりや》村の開墾を命じ、ときどきその作業の進み具合を見に行った。

開墾する場所は台地状になっており、雑木林と荒れ野が広がっていたが、近くには何本かの渓流があり、そこから水を引き田畑を作る目処《めど》が立っていた。

開墾はその年の秋には終わる予定で、早速百姓らに土地を分け与える手はずもできていた。さらに、安綱は領内に同じように開墾できる土地がないか、家臣らに檄《げき》を飛ばして探させてもいた。

そして、問題の平湯庄の件であるが、これはしばらく放っておくことにした。もし、金山が見つかれば、平湯庄に拘《こだわ》る必要がないからだ。そうはいっても安綱にはある考えがあった。それは江戸へ参府した折に画策することで、その考えを入念に練っていた。

そんなこんなで時は過ぎ、あっという間に五月になった。家臣は梅雨の時季に入るので、例によって出立を早めようと申し立ててくる。

安綱は魅力のない山深い国許から離れることに何の未練もない。だが、今年は金鉱に期待しているので、いましばらく待てと出立を例年より遅らせていた。

「殿、明日明後日にでも出立しなければ、江戸に着くのが遅れます。そろそろ腰をあげていただかないと困ります」

城代家老の妹尾与左衛門《せのおよざえもん》が催促に来たのは、五月半ばのことであった。

さすがに安綱も重い腰をあげざるを得なく、縁起を担いで五月十九日の大安に奥平城を出立した。行列の数は約百十人。三万石の当主としては少ないほうであるが、旅の費えを節約するためには致し方ない。

江戸までは約十日の旅である。一日目は中山道《なかせんどう》に出て追分宿《おいわけしゅく》で二泊した。二泊するのは無闇に先を急がず、長旅に備えての足慣らしをするためである。

出立から三日目の朝早く本陣を出た一行は、つぎの宿泊地である松井田《まついだ》宿を目指した。

雲が多く、峨々《がが》と列《つら》なる山の峰々には厚い雲が垂れ込めていた。周囲の山林は深緑に覆われ、ときどき鶯《うぐいす》や時鳥《ほととぎす》の声が聞こえてくる。

一行は粛々と足を進める。沓掛《くつかけ》から軽井沢《かるいざわ》に入ると、浅間山《あさまやま》が見え隠れするようになる。さらに足を進め碓氷《うすい》峠の急な坂道を下る。崖下を流れる川の瀬音が聞こえてくる。

乗物に揺られる安綱は、国許から離れるにしたがい、江戸での暮らしに思いを馳《は》せる。しかし、江戸に着いたら金の工面と老中らとの接見を考えなければならない。国を離れるにつれ、そのことに思案をめぐらす。

坂本宿《さかもとしゅく》を過ぎると日は西にまわり込み、遠くの景色が霞《かす》んできた。

「止まれ、止まれ！」

行列を止める声がしたので、安綱は何事だと御簾を開けた。同時に蹄《ひづめ》の音が近づいてきて、馬から飛び下りた男が乗物の前に跪《ひざまず》いた。

「何事だ」

安綱が尋ねると、

「はは、急ぎ殿にお伝えしなければならぬことが出来《しゅったい》いたしました。じつは西藤《さいとう》左門《さもん》様が凶賊に襲われたのでございます。このこと急ぎ知らせるようにと、鮫島佐《さめじまさ》渡守《どのかみ》様より言いつかってまいりました」

「なに、左門が……してどうなったのだ？」

「さいわい命に関わる怪我《けが》ではございませんが、襲った賊のことで殿にお伝えしなければならぬことがあります」

「待て」

安綱は使者の言葉を遮った。左門が襲われたというのはのっぴきならぬことであるが、おそらく平湯庄に関わることだと察した。もしくは助五郎《すけごろう》ら山賊の仕業とも考えられる。

安綱の乗物のまわりには小姓・供番・槍持などがついている。平湯庄や助五郎たちのことを知らない者ばかりだ。聞かれては向後《こうご》のことに支障を来す。

「話は宿に着いてから聞く。ついてまいれ」

「ははっ」

使者はそのまま下がって行列のあとにしたがった。松井田宿までもういくらもなかった。乗物が持ちあげられると、行列は再び進みはじめた。

行列は先頭の先払いから順に、弓組・槍組・鉄砲組とつづき、安綱の本陣があり、その後方には使い番や足軽などがしたがっていた。

乗物のなかで西藤左門が何のわけあって誰に襲われかを考えたが、これだという答えは見いだせない。使者は、左門は命に関わる怪我はしていないと言ったが、その怪我の程度も気になる。

（それにしてもあの左門が……）

胸のうちでつぶやく安綱は左門の顔を思い出す。筋骨逞《たくま》しく、剣の使い手である。その左門が襲われて怪我をしたというのは、おそらく不意をつかれてのことだろう。

約一刻《とき》（約二時間）後に一行は松井田宿に到着したが、すでに日が暮れており、近くにある上毛《じょうもう》三山の一つである妙義山《みょうぎさん》も黒い影になっていた。

安綱は早々に本陣である松本駒之丞《まつもとこまのじょう》家に入ると、鮫島軍兵衛《ぐんべえ》から遣わされた使者を呼びつけて話を聞いた。

四

馬を飛ばしてきた軍兵衛の使者は、川津忠兵衛《かわづちゅうべえ》という徒目付《かちめつけ》であった。

「左門様が襲われたのは、殿が出立された翌《あく》る日のことでございます」

忠兵衛はそう言って一部始終を話した。

西藤左門は安綱が江戸に出立し、そして帰ってくるまでの間、留守をあずかる城代家老妹尾与左衛門を補佐しなければならない。主君が留守の間、粗相があってはならぬし、領内の治安はもとより、城内の規律が乱れぬように目を光らせるという重責を担っている。

参勤で国許を発《た》った家臣の数はさほど多くはないが、主君安綱以下の主だった重役や小姓らが城にいないと、急に城内は静かになる。とくに主君の居住する本丸御殿には空虚感が漂う。

左門は留守をあずかる他の重臣らと安綱一行を見送ると、土地開墾の推進と計画、城下の道や橋の普請、年貢徴収、領内の巡察などと仕事は少なくない。それにくわえて、山奉行原崎惣左衛門の進めている金山発掘の進展具合にも神経を遣わなければならない。

さらに、立神の里で暮らす助五郎らの取扱いを考えなければならなかった。

安綱一行が城を発った翌日、左門は鮫島佐渡守軍兵衛と助五郎らをいかに扱うかを話し合った。

「殿の意向もあるが、左門、これは考えるとなかなか難しいぞ」

軍兵衛は身を乗り出して、いかつい顔を左門に向けた。

「そのことでございまする。助五郎らが住む立神の里に乗り込んで一人残らず捕縛するのは容易《たやす》いでしょうが、助五郎とその手下は、平湯庄を襲ったのが殿のお指図だったことを知っています。下手《へた》に捕縛すれば、そのことを知らぬ当家の家来の不信を招きます」

「さようだ。とくに用人《ようにん》の栗原平助《くりはらへいすけ》殿に知られてはならぬ」

軍兵衛は声をひそめた。そこは本丸御殿内の家老部屋で、閉《た》てられた障子が夕日に染められ朱《あか》くなっていた。

栗原平助は庶政を司《つかさど》る用人で家老につぐ役格だが、常に安綱と接触しているので実権を有している。むろん安綱は平助に厚い信頼を置いているが、平湯庄乗っ取り計画のことは漏らしていない。

なぜなら平助は生真面目《きまじめ》で物堅く、曲がったことを嫌う男だからだ。道理のとおらぬ策謀を知れば、安綱に強く諫言し反対の異を唱えることがわかっていたからである。

「されど、助五郎らを野放しにしておくわけにはいかぬのです」

左門は軍兵衛を見つめる。

「それは重々承知しておるが……さて、どうしたものやら。よきに計らうよう殿に命じられておる手前、下手な手は打てぬぞ。さりながら、左門よ」

「何でございましょう」

「山奉行の惣左衛門が大きな蔓を見つけることができれば、助五郎とその他数人を惣左衛門の下役《したやく》につけ、うまく懐柔することはできよう。当家の家来にしておけば、あの〝件〟が外に漏れることはなかろう」

軍兵衛は太い眉の下にある目をきらりと光らせる。

「できましょうか……」

「家来にしておけば手なずけることはできよう」

「されど、多くを抱えることはできますまい。助五郎の他にも平湯庄を襲った者がいるのです。その者らの口を閉ざすのは容易ならざることでは……」

「うむ、たしかにそうである」

軍兵衛は夕日に染められている障子に目を向け、

「殿らはいまごろ追分宿であろうかのぉ」

と、急に話柄を変えて左門に目を向け直した。

「滞りなく進んでいらっしゃれば、そうでございましょう」

「左門、このこと蔓を探している惣左衛門からつぎの知らせが来るまで考えることにいたそう。今日明日やらなければならぬことではないからな」

「よい手立ては必ずやありましょう。そのことよくよく思案しましょう」

「うむ。それでよかろう。さて、わたしは先に帰ろう」

密談を打ち切った軍兵衛はそう言って立ちあがった。

「あ、佐渡殿……」

左門が声をかけると、軍兵衛が振り返った。

「助五郎らのことはあまり手間をかけられませぬ」

「わかっておる」

軍兵衛はうなずいて家老部屋を出ていった。

一人になった左門は、軍兵衛との相談を反芻《はんすう》して自分なりの考えをまとめようとしたが、すぐに名案は浮かびそうになかった。

下城時刻はすでに過ぎている。そろそろ自分も帰ろうと思い、御殿を出ると供の者らといっしょに大手門に向かった。日は落ちて、あたりには夕闇が漂っていた。

大手門をくぐったときだった。門そばにうずくまるようにして座っている男がいた。ときどき下城時刻を待って物乞いをする者がいる。またその輩《やから》だろうと、左門は歯牙にもかけなかった。

ところが、その男の前を通り過ぎたとき、いきなり声がかかった。

「西藤左門、覚悟ッ！」

左門と供の者たちが立ち止まって振り返ると、男はすでに抜き身の刀を手に、

「孫助《まごすけ》の敵《かたき》だ！」

と、叫ぶなり斬りかかってきた。

供侍がなかに入ろうとしたが、間に合わなかった。柄袋《つかぶくろ》を刀にかけていた左門はすぐに抜けなかったので、後じさって一撃をかわしたが、男は俊敏に斬りかかってきて左門の右肩口に一撃を与えた。

「うっ」

左門がうめいて大きく下がったとき、供侍がやっと男を取り押さえ、斬り捨てようとした。

「斬るでない！」

左門は若い男を捕縛するよう命じた。

川津忠兵衛がそこまで話をしたとき、黙って耳を傾けていた安綱が口を挟んだ。

「その男の素性はわかっておるのだな」

「立神の里に住む小六《ころく》という男でございました。左門様に左腕を斬り落とされた山賊とのことです」

安綱は思い出した。初めて助五郎らに会ったとき、斬り合いになった。そのとき左門は一人の男を斬り捨て、もう一人の男の腕を斬り落としていた。

「あのときの……」

安綱は百目蠟燭《ひやくめろうそく》の炎を短く眺めてから忠兵衛に顔を戻した。

「それで左門の怪我は？」

「さいわい浅傷《あさで》でございました。捕縛した小六は牢《ろう》に留め置いていますが、佐渡様と左門様は殿の処断を仰ぎたいとおっしゃっています」

安綱は左門が襲われたことを、なぜこうも早く知らせに来たのか、その真意を理解した。

軍兵衛と左門は、助五郎一党を捕縛する理由ができたと言っているのだ。

つまり、助五郎らを生かしておけば、向後の藩政に支障が出る。左門を斬りつけた小六のみを処断するのは容易いが、この一件を軽んじてはならない。

藩の重臣である左門を襲ったということは、藩に対して謀反《むほん》をはたらいたことに等しい。それは藩主である安綱に弓を引いたも同然である。

助五郎らはうまく利用することができた。この辺で縁を切るのは得策であろう。考えをまとめた安綱は、畏《かしこ》まって座っている川津忠兵衛を静かに眺めた。

「軍兵衛と左門に、こう伝えよ。大義は立つ。遠慮はいらぬ、と」

五

篠岳の山頂に黒い雲がかかっていた。そのために助五郎たちの住む立神の里は、朝から夕暮れのような暗さだった。

「いよいよ梅雨に入ったか……」

助五郎の隣で鉈《なた》を研いでいる六蔵が、空をあおぎ見てつぶやいた。

「鬱陶しい日がつづくことになるな。恵みの雨と言うが、おれは雨が嫌いだ」

助五郎は獣を獲《と》るときに使う槍の穂先を見た。夏場は蝮《まむし》が多く出るので狩りをしないが、槍は重宝しなければならない。そのために普段から手入れを入念にしている。

「雨になるとやることが少なくなる。熊の胆《い》でも売りに行くか。ついでに城下で一杯やってもいい。二日ばかり泊まって、飯盛りでも……」

助五郎はそう言って、ふふっと含み笑いをした。

「おめえは呑気《のんき》なことを言いやがる。米原《よねはら》さんに言われたことを忘れたか……」

六蔵《ろくぞう》が金壺眼《かなつぼまなこ》を向けてくる。

「忘れちゃいねえさ」

助五郎は槍を脇に置いて、木株に座り直した。そのまま広場を眺める。いつもと変わらぬ暮らしがその集落にはある。子供たちは裸足《はだし》で駆けまわり、女たちは粗末な畑で穫《と》れた豆や野菜を筵《むしろ》の上に並べたり、薬になる草を叩《たた》き潰したりしている。若い者は草鞋《わらじ》を編んだり、猟の仕掛けを作ったりしていた。

（この暮らしも長くはないということか……）

助五郎は安綱の使者としてやってくる米原銑十郎《せんじゅうろう》から忠告されたことを思い出した。

銑十郎は助五郎に、ここで暮らす者たちはいずれ出て行ってもらわなければならないと言った。

その理由はこの山が宇佐美家の領地であり、助五郎たちが年貢を納めていないからだった。山を下りたあとはそれぞれに身分を与えるとも言った。

つまり、宇佐美家の領民になれというのである。それがいい話なのか悪い話なのか助五郎にはよくわからなかった。

また、助五郎は召し抱えられる約束になっているが、その他に確約ではないが六人ほど仕官できることになっている。その話を仲間にしたとき、喜ぶ者もいたが気乗りしない顔をした者もいた。

「いずれおれたちはここを追い出される。この山での暮らしも長くはないということだ。おまえは仕官を望んでいるのだな。身分をもらって百石取りの宇佐美家の家来になる」

「おまえはどうする……」

聞かれた六蔵は削《そ》げた頬をゆっくり撫《な》でた。

「どうしたらいいかわからねえ。はじめは家来になってもいいと思ったが、窮屈な暮らしを考えると気乗りしないものがある。伊助《いすけ》や十郎《じゅうろう》は、侍になれると喜んじゃいるが、おれは素直に喜べねえ」

「それじゃ断るか……」

六蔵はそれもわからないと言った。

「だがよ、いつ召し抱えると言ってくるんだ。ずっと待たされっぱなしじゃねえか。騙《だま》されてんじゃねえだろうな。おれたちゃ殿様の指図にしたがって平湯庄を襲ったんだ。褒美金はもらったが、それだけじゃ満足できねえだろう」

助五郎は顎の無精ひげをさすって、眉間にしわを寄せ顔をしかめた。六蔵が言うように、うまく利用されているだけではないかと思うときがある。

召し抱えてやると言った宇佐美安綱は参勤交代で江戸に出立した。ということは、安綱が帰国するまで、仕官の話は引き延ばされたも同じだ。

米原銑十郎は新たな沙汰をする、そう先のことではないと言ったが、あれから連絡は途絶えたままだ。

「助五郎、おめえは米原さんに、この山から出て行くのは勝手だと言われたんだな」

「ああ、藩はそこまでおれたちを縛りはしねえと言われた」

「この山を出たらどこへ行きゃいいんだ？」

「…………」

「里に下りても町へ行っても、すぐに暮らしを立てることはできねえぜ。子供や女は里や町のことをよく知らねえんだ。宇佐美家が暮らしが立つまで面倒を見てくれるって言うんなら話は違うが、どうなんだ？」

「そんなことはおれに聞かれたってわからねえ」

「おめえは仕官を約束されているからいいが、他のやつのことを考えてくれなきゃ困るんだ。源爺《げんじい》が死んだいまは、おめえがこの立神の里の頭《かしら》だ。そうだろう」

六蔵は金壺眼を光らせ、にらむように見てくる。

このとき、助五郎は死んだ源助《げんすけ》から聞いたことを話すかどうか逡巡《しゅんじゅん》したが、やはり話すことにした。

「源爺から聞いたことがある」

「何を……」

「源爺が死ぬ前だ。おれに教えてくれたんだ。この山に金が出ると」

六蔵がカッと目をみはった。

「窟《いわや》の下を流れる小川があるだろう。あのずっと上に砂金が出ると教えられた。だからおれは何度か探しに行った」

「それで……」

助五郎は首を振ってまだ見つけられないと言った。

「おい、助五郎。それがほんとうならとんでもねえことだ。金が出りゃ、おれたちゃ金持ちになるじゃねえか。何で源爺は黙っていたんだ」

「わからねえ。だけど、源爺は砂金が出ると言った。それは嘘《うそ》じゃねえ」

「おいおい、なんで黙っていたんだ」

「ほんとうにあるかどうかこの目で見なきゃわからねえだろう。だから何度か探しに行ったんだ」

「探し方が足りねえから見つからねえんじゃねえのか」

「そうかもしれねえが……わからねえ」

「よし、これから行ってみるか。まだ雨は降らねえだろう」

六蔵がそう言って立ちあがったとき、伊助と佐吉《さきち》が慌てたように駆けてきた。

「助五郎さん、何だかおかしいんだ」

息を切らしながら伊助が言った。

「何がおかしいっていうんだ？」

「わからねえ。麓に鎧《よろい》を着たやつらが大勢集まっているんだ」

「なに……」

助五郎は眉宇をひそめて伊助を見た。

「槍や鉄砲を持っているやつらもいる」

佐吉がこわばった顔で言った。

六

助五郎は急いで見張場の窟に行った。

「あそこだ」

案内した佐吉が崖下を指さした。樹間に鎧武者たちが大勢いた。たしかに鉄砲や槍を持っている者たちもいる。しかも、鉄砲隊と槍隊は動きはじめていた。

「登ってくる」

六蔵が金壺眼を見開いてつぶやく。

「どういうことだ」

つぶやく助五郎は危機を感じた。

「佐吉、伊助、戻ってみんなに知らせろ。男たちには得物を持って里の入口に集まるように言え。行け、早くしろ！」

助五郎に命じられた佐吉と伊助は、集落へすっ飛んで駆けていった。

「おれたちを追い出しに来たのか……」

六蔵が歯軋《はぎし》りをするような顔でつぶやき、どうすると顔を向けてきた。

助五郎は眼光を光らせ、むんと口を引き結んだ。

「どういう了見か知らねえが、油断するな」

助五郎は腰の刀に手をあてた。葛折《つづらお》りの坂道を上ってくる兵たちの姿が木々の間に見え隠れする。誰もが具足をつけ手甲脚絆《きやはん》に襷掛《たすきが》けだ。その数は百人以上だった。

助五郎も襷を掛けた。そして里の入口に仁王立ちになって控えた。そのあとに仲間が集まってくる。

誰もが口々にどういうことだと疑問を口にするが、答えられる者はいない。

やがて兵を率いる先頭の男が姿をあらわした。草摺《くさずり》のついた具足に陣笠《じんがさ》を被《かぶ》っている。その後方に槍持が十数人つづいていた。

先頭の武士は助五郎をにらむように見ると、立ち止まって片手に持った短い笞《しもと》を掲げて後続の兵の足を止めた。

「町奉行鳥居岩之丞《とりいいわのじょう》である。命によって参上した。助五郎なる者はおるか」

鳥居岩之丞と名乗った町奉行は、助五郎をまっすぐ見て問うた。

「助五郎はおれだ。いったい何の騒ぎだ。命によってと言ったが……」

助五郎は鳥居岩之丞を射殺すように目をぎらつかせて問うた。

「そのほうが助五郎であったか。なかなかの面構えであるな。おぬしらには直ちにこの山から下りてもらう」

「何だと！」

助五郎は目を吊《つ》りあげた。

「手向かえば容赦はせぬが、女子供には手を出さぬ。助五郎以下の男どもにはおとなしく縛《ばく》についてもらう」

「何をぬかしやがる！　いきなりやってきて縛につけとは何だ！」

助五郎はつばを飛ばして怒鳴った。だが、鳥居岩之丞は平然とした顔で、懐から一枚の書状を取り出して、目の前に掲げて見せた。

「助五郎、おぬしの仲間に小六なる者がいるな」

「それがどうした？」

「五月二十日のことである。あろうことか当家の中老西藤左門様に、小六なる男が闇討ちをかけた。当人は敵討ちだと申しておるが、不届き千万。ご家老に斬りつけるのは、主君左近将監《しょうげん》様に弓引くのも同じ。これまでそのほうらのことには目をつむってきたが、許すことのできぬ所業。助五郎以下の男どもには縛についてもらい、そののち吟味を受けてもらわなければならぬ」

岩之丞が話している間に、具足をつけた足軽たちが助五郎たちを取り囲むように動いていた。助五郎はその動きを警戒しながら、岩之丞をにらみ据える。

「小六が家老を斬りつけたと言うが、おれたちには関わりのないことだ。言い掛かりとしか思えん。迷惑だからさっさと城へ帰るがよい。おぬしらこそ不届き者ではねえか！」

そうだそうだと、仲間たちが口々に喚《わめ》いた。

「盾突けば血を見ることになるぞ。助五郎……。どっちが得かよく考えることだ。身共《みども》はできることなら争いは避けたいと考えておる」

岩之丞は低く抑えた声で諭すように言った。

「たわけッ！　おりゃあ殿様に召し抱えてやると言われているんだ。小六がやったことはおれたちに関わりのねえことだ。吟味もへったくれもねえ」

「縛につかぬと申すか」

岩之丞の目つきが鋭くなった。

「寝言なら明後日《あさって》言いやがれッ！」

「どうしても従わぬと申すか。ならば致し方ない。殿の下知《げち》である。この者たちを引っ捕らえろ！」

岩之丞が大音声《だいおんじょう》を発するなり、槍を持った足軽たちが喊声《かんせい》をあげて突っ込んできた。

助五郎は素速く刀を抜き払ったが、長槍に抗することができないので、罵声をあげながら広場のほうへ後退した。しかし、足軽たちは逃げ道を塞ぐように槍で突いてきたり、刀で斬りかかってくる。

「くそッ、こうなったら皆殺しにしてくれる！　おう、逃げるんじゃねえ！　斬れ、斬りかかるんだ！」

助五郎は仲間を叱咤《しった》しながら、突き出される槍を払い反撃に転じたが、相手は数が多すぎる。抵抗しながらもじりじりと後退するしかない。

そのうち乱戦となり、何がどうなっているのかわからなくなった。ただ目の前にあらわれる敵を斬るだけだ。

助五郎は奮戦した。斬りかかってくる敵の刀や槍を打ち払い、胴を抜き、片腕を斬り飛ばし、組みついてきた足軽の首に太い腕を巻きつけて締めあげ、大地にたたきつける。

パンパンという鉄砲の音が山にこだまし、悲鳴や怒声がそれに入り交じった。

助五郎はいつしか返り血を浴びて全身を真っ赤に染めていた。だが、斬っても斬っても敵は雨後の筍《たけのこ》のごとくあらわれる。

地に転げ、樹木を盾に奮戦するが、だんだん息が切れ、腕に力が入らなくなった。顔は汗と返り血にまみれ、息が苦しくなった。

正面から突っ込んできた足軽の首を刎《は》ね斬ると、よろけて地に両手をついた。そのとき、何本もの槍が助五郎に向けられた。

「殺すな！　殺してはならぬ！」

岩之丞の一喝で、突き出された槍が引かれた。

大地に倒れた助五郎は息を喘《あえ》がせながら、涼しげな顔で見下ろしてくる鳥居岩之丞をにらんだ。そして、その目の端に動く影があった。

藪《やぶ》を払って山の上に向かう六蔵だった。

第三章　流　言

一

椿山《つばきやま》藩江戸上屋敷は、外桜田《そとさくらだ》にある。表高《おもてだか》は十二万石だが、実高《じつだか》は十五万石ある国だから、敷地は一万三千坪ほどだ。

当主の住居を兼ねた御殿の周囲には藩士の住む長屋が塀際に建ち、その他敷地内にも家老ら重臣らの住む長屋がある。下士の長屋は狭いが、重臣らの住む長屋は役所を兼ねているので相応の広さがあった。

そして、御殿広縁の前には手入れの行き届いた庭がある。庭には池泉があり、形のよい松や楓《かえで》、樅《もみ》、木蓮《もくれん》などが植えられている。

宗政《むねまさ》が江戸に到着して早二月《はやふたつき》がたっていた。

その間、慌ただしかった。何より江戸到着の報告と挨拶を兼ねて、ご進物を将軍に届けなければならない。

将軍は家光《いえみつ》であるが、直接に会ってわたすのではなく、納戸役《なんどやく》を介して献上する。その他老中職に江戸着到の挨拶をし、国許《くにもと》の状況報告などをしなければならなかった。堅苦しいことこのうえない。

さらに、一日と十五日、二十八日の登城は定例で、その他にも五節句・御嘉祥《ごかじょう》(六月十六日)・八朔《はっさく》・正月などの登城日もある。

面倒なことはそれだけではない。登城したならば、その折に茶坊主らと誼《よしみ》を結ばなければならない。茶坊主——お城坊主あるいは表坊主と呼ぶが、この坊主を疎《おろそ》かにはできない。江戸城内の作法はもとより、幕府や他の大名家の政事情勢などを知る情報源だからだ。

(煩わしい)

宗政は内心でそう思うが、それ相応の付き合いをする。と、いうのも江戸留守居役の鈴木権左衛門《すずきごんざえもん》の根回しがあるからだった。

挨拶まわりはそれだけには留《とど》まらず、町奉行への付け届けもある。相手は旗本だが、いざ家臣が面倒事を起こせば、もみ消しを依頼し内済の段取りをつけてもらわなければならないので粗略には扱えない。

それも権左衛門の許らいがあるのでまかせておけばよい。それだけに権左衛門の存在は大きい。齢《よわい》五十半ばになるが頼もしい男である。

大方の挨拶まわりを終えた宗政は、ほっとひと息ついたところだった。

「やれやれだ」

脇息《きょうそく》に凭《もた》れ、両足を投げ出し、だらしない恰好《かっこう》で扇子をあおぎ、コンコンと音を立てる鹿威《ししおど》しのある池のほうに目を向ける。

「誰が参勤交代などと面倒なことを考えたのだ」

思わず愚痴が口をついた。

「それは上様《うえさま》でございます」

座敷の隅に控える小姓《こしょうがしら》頭の鈴木春《はる》之丞《のじょう》が遠慮がちに答えた。

「何だ、聞こえておったか……」

「申しわけございませぬ」

春之丞は整った顔をうつむけた。

「いや、よい。それにしても息つく暇もなかった。今宵《こよい》はたっぷり酒なんぞ飲んで憂さを晴らしたいものだ」

「今宵は奥方様と千一郎《せんいちろう》様、初《はつ》様がお戻りになりますが……」

宗政ははっと思い出して、そうだったとつぶやいた。正妻の凜《りん》が、長男の千一郎と長女の初を連れてくるという知らせを受けていた。

忘れていたわけではないが、正妻と子供は江戸に着到したのち、数日いっしょに過ごしただけで、高輪《たかなわ》の中屋敷に待たせていたのだった。参府した直後は何かと忙しいからそうしているのだ。

「それでいつまいる？」

「日の暮れ前にはお戻りになるはずです」

宗政は表に目を向けた。日は西にまわっているが、日の暮れまでにはまだ間がある。

妻にも会いたいが、長男長女の顔を早く見たいと思う。やはり、おれも親であるなと内心で独りごちる。

そのとき、廊下から「殿、殿」と、慌てたように留守居役の鈴木権左衛門がやってきた。跪《ひざまず》くなり話があると言う。

「何だ。遠慮はいらぬ。これへ」

宗政がいざなうと、権左衛門が膝行《しっこう》してきた。

「殿、そのなりは……」

権左衛門は顔をしかめて、だらしなく座っている宗政を見る。咎《とが》める目である。

（かたい男だ）

と、宗政は思いつつも、投げ出した両足を引っ込め、襟をかき合わせた。

「それで今日は何だ？」

宗政はあらためて権左衛門を見る。宗政と変わらぬ六尺近い長身だが、鶴のように痩せている。しかし、齢五十五は隠せず、髪に霜を散らし鬢《びん》にも眉にも白いものが目立つ。目は柔和だが、なかなかの利け者でそつのない家老である。

この男が江戸にいるかぎり、宗政は安心していられる。しかし、いまの権左衛門はいつになく真剣な目を向けてくる。

「国許で何かございましたでしょうか？　大きな騒ぎがあったと先ほど耳にいたしました。殿は国は安泰で平穏だとおっしゃいましたが……」

「いまはこれといった面倒はない。懸念あるな」

宗政はぱたぱたと扇子をあおいで、ふにゃらと笑んでみせる。

「いまは、でございますか。ということは何かあったのでございましょう。いえ、平湯庄《ひらゆしょう》が賊に襲われ大変な目にあったことは聞いておりますが……」

「いまはない。さようなことだ」

「まことに……」

権左衛門はいざり寄って、疑わしそうな上目遣いを向けてくる。

「ああ、ない。賊は見つからぬが、平湯庄には陣屋を建て直し、関所も作った。賊は二度とあらわれぬ、はずだ」

「それはまたおかしい」

「何がおかしいと申す？」

権左衛門は老顔に苦衷の色を浮かべた。

「阿波《あわ》、直截《ちょくせつ》に申せ。遠慮はいらぬ」

宗政は権左衛門の通称で呼ぶ。

「国許で百姓が蜂起し、一揆《いっき》を起こしたとさように耳にいたしました」

「なんだと……」

宗政は大きく眉を動かした。

「誰がさようなことを……」

「本日登城した折、御側用人《おそばようにん》の加賀守《かがのかみ》様から呼び止められ、さように伺いました」

宗政はまた眉を動かした。側用人の加賀守というのは、下総《しもうさ》佐倉《さくら》藩の当主堀田《ほった》加賀守正盛《まさもり》のことだ。将軍家光の側近として幕政に参与している実力者である。

「もし、国許で百姓が蜂起したのであれば、一大事でございまする」

そんなことは言われずともわかる。宗政は隅に控えている小姓の鈴木春之丞に目を向けた。

「孫蔵《まごぞう》を呼べ。すぐにだ。急げ」

命じられた春之丞は、すっ飛ぶように書院部屋を出ていった。

二

ほどなくして田中《たなか》孫蔵がやってきた。

「お呼び立てに与《あずか》り罷《まか》り越しました」

「早《はよ》うこれへ」

慇懃《いんぎん》に礼をする孫蔵を無視して、宗政はそばに呼んだ。

「孫、国許から何か知らせはないか？」

「知らせ……いえ、何もありませんが、いかがなされました？」

孫蔵は宗政と権左衛門を見比べるように見た。

「国許で百姓一揆が起きたという噂《うわさ》があるそうだ」

「まさか……」

孫蔵は信じられないという顔で目をしばたたく。

「所用があり、お城へ行った折に堀田加賀様からさようなことを伺ったのだ」

権左衛門が孫蔵を見て言った。とたんに、孫蔵の顔がこわばった。

「堀田加賀様とおっしゃいますと、御側用人の加賀様でございますか……」

「いかにもさようだ。もし、一揆が起きていれば一大事である。お上《かみ》の耳に入ればどうなるかわからぬ」

「え、えっ、えっ……」

と、孫蔵は目をぱちくりさせて宗政と権左衛門に視線を往復させたあとで、

「それで阿波様はなんとお答えになったのです?」

と、権左衛門を見る。

「まったくの初耳だから何かの間違いではないかと答えはしたが、早急に調べてご返答申しあげると言っておいた」

「加賀様はその話をどこでお聞きになったのでしょう？　そのことはお尋ねにならなかったのでございますか？」

孫蔵は権左衛門に問う。おお、さすが孫だと宗政は感心するが、感心している場合でないのはわかっているので、表情を引き締めた。

「それは聞かなかった。たしかに、尋ねればよかったな。されど、一揆が起こったのが真実であれば、一大事である」

「急ぎ、国許に飛脚を走らせ事の真偽をはっきりさせなければなりませぬ。殿、早速にも城代の多聞《たもん》様に書状を……」

孫蔵に言われた宗政は、春之丞に書き物と半紙を持ってくるように言いつけた。春之丞は機敏に動き、書状の支度を調える。

「阿波、おぬしが書け。わしは署名をする」

「はは」

権左衛門は膝を進めて、筆を取るとすらすらと用件を書いた。最後に宗政が自署し花押《かおう》を書いて丁寧に折りたたんで封をした。

「これはわたしが手配いたしましょう」

権左衛門はそう言うなり、急ぎ下がった。江戸屋敷での段取りは何もかも権左衛門が心得ている。

「それにしても、堀田加賀様が……」

孫蔵がいつになくこわばった顔でつぶやく。宗政も内心驚き、胸を騒がせはしたが、落ち着きを取り戻していた。

「もし、まことに一揆が起きていれば、すでにわしのもとに知らせがあっておかしくはないだろう」

「たしかにさようでございましょうが、堀田加賀様がおっしゃったというのが気になります」

「まあ、返事が来るのを待つしかない。ここでじたばた騒いでもどうにもならぬことだ」

宗政は開き直ったように足を崩し、扇子をぱたぱたと使った。

「殿、当家の領地で一揆が起きたというのを、堀田加賀様が誰から聞かれたのか、そのことが気になります。ただの噂にしても、その出所がどこなのか……」

孫蔵は真剣な目を向けてくる。

「どうやって調べる？」

「殿が登城の折に直接堀田加賀様にお尋ねになればよいのでは……」

もっともなことだろうが、宗政は気乗りしない。相手は将軍家光公の側近。同じ大名ではあるが、将軍家の信を得た譜代《ふだい》。宗政は外様《とざま》の田舎《いなか》大名である。めったなこと話せる相手ではない。

「まあ、会うことがあれば聞いてもよいが……つぎの登城日までは間がある」

「ならば堀田加賀様のお屋敷を訪ねてはいかがでございましょう？」

「そんなことが……」

「殿、悠長に構えている場合ではありませぬ。一揆が起きておらずとも、妙な噂が広がれば安泰ではございません」

「大袈裟《おおげさ》に考えることはなかろうに……」

宗政は鼻をほじって、鼻くそを指先でまるめた。控えている春之丞が慌てたようにそばにやって来て、懐紙を差しだした。宗政が鼻くそを懐紙にのせると、春之丞は下がった。

「いや、大袈裟に考えてもらわなければなりませぬ。上様がこれまでどんなことをなさったか殿もご存じのはず」

「おい、孫。怖い顔をするな。わしもわかっておる」

「肥後《ひご》熊本藩加藤《かとう》家は内訌《ないこう》を訴えられ改易になりました。肥前島原《ひぜんしまばら》藩松倉勝家《まつくらかついえ》殿は島原の乱の責任を問われ、切腹ではなく斬首でした。豊後府内《ぶんごふない》藩竹中重義《たけなかしげよし》殿は密貿易が露見し切腹」

「孫、わしは密貿易などやっておらぬ」

「さようなことを申しているのではありません」

孫蔵は強く言ったあとで、近くに控えている春之丞に聞こえないよう声をひそめ、

「辰之助《たつのすけ》、黙って聞け」

と、叱咤《しった》し、そのまま話をつづけた。

「一揆は治国《ちこく》を問われ、領内の失政を疑われます。もし、一揆がまことに起きていればただ事ではありませぬ」

孫蔵は膝の上に置いた手の指を、苛立《いらだ》たしそうに動かした。

「大袈裟だ」

「はぁ」

孫蔵はあきれ顔をした。

「まだ一揆が起きたという証拠はないのだ。いまは国許からの返答を待つしかなかろう。ここで慌ててもどうにもならぬだろう。わしはもし一揆が起きていたなら、その仔細《しさい》を調べたうえで評定《ひょうじょう》を受ける。おそらく噂だ。そうに違いない」

「で、あればよいのですが……」

「ともあれ、国からの返書を待つ。慌てるな、騒ぐな。いざとなったら上様にこの

首を差しあげるのみだ」

孫蔵はぽかんとした顔になって、まじまじと宗政を眺めた。それからまた声をひそめて、

「おまえ様は、こんなときにはやっぱり大名だのう」

と、身を乗り出して言った。

そのとき、廊下のほうから新たな声が聞こえてきた。何やら騒がしいはしゃぎ声だ。

「姫様と若君様がお見えになりました」

春之丞が廊下に下がって知らせた。

三

「父上、父上……」

長男の千一郎が行儀悪く駆けて来て、ぴょんと宗政の膝の上に乗った。

「これこれ、相変わらず元気がよいな」

宗政は千一郎の頭をなで、背中をやさしくたたく。遅れて正妻の凜がしゃなりし

ゃなりとした足取りで座敷に入り、膝をついて一礼をした。

「中屋敷より戻ってまいりました」

「待たせたな。不自由はなかったか？」

「ご心配には及びませぬ。お役目のほうが落ち着いたと聞き、少し早く戻ってまいりましたが、ご迷惑ではございませぬか」

凛は面《おもて》をあげて涼しげな瞳を向けてくる。名に劣らず、その姿は凛としている。宗政より八つ下で、まだ器量の衰えはない。ただ、線が細いのが惜しい。大柄な宗政には華奢《きやしゃ》すぎるのだ。

「迷惑などあろうはずがない。お初はいかがした？」

「途中で疲れたと申しますので、奥で休ませています」

「元気なのだな」

「相変わらずです」

凛が答えたとき、目の前の孫蔵が遠慮をして「わたしはこれで」と、下がった。

「千一郎の利かん気が強くて困っております」

凛が言う間も、膝の上に乗っている千一郎は宗政の袖を引いたり、羽織の紐《ひも》を指に絡めたりしては、えへへと無邪気な笑みを向けてくる。

「元気がいいのは悪いことではない」

しばし、他愛ない話をしたあとで、

「今宵は町に出る」

と、宗政は凜に告げた。

「あまり遅くならないようにしてくださいまし」

「懸念あるな。さ、千一郎、奥に行っておとなしくしておるのだ。ここは父上の仕事場である」

「なんだ、つまらない。父上遊んでくだされ。剣術を教えてくだされ。弓でも槍《やり》でもなんでも千一郎はできるようになったのです。その腕をご覧《ろう》じくだされ」

千一郎は駄々をこねながら宗政の頭をぽかぽかたたく。まったくの腕白小僧である。

「ああ、わかったわかった。明日にでもその腕を見せてもらおう」

さあと言って、宗政は膝の上から千一郎を下ろした。

その日の夕刻、宗政は孫蔵を連れて京橋川《きょうばしがわ》の畔《ほとり》にある料理屋に向かった。乗物ではなく駕籠《かご》である。麻の着流しに羽織といった楽な恰好だ。

孫蔵は供の数が少ないと言うが、宗政は聞き入れない。大仰なことはいらぬ、町の料理屋で食事をするだけだと取り合わない。駕籠のまわりに若党を四人つけただけで、それで十分だと歯牙にもかけない。

駕籠を降りたとき、日が西の端に沈み込もうとしていた。それでも町屋には明るい日の光があった。

「たった一年、留守をしていただけなのにずいぶんと様変わりした」

宗政は町並みを眺めて感心する。一年前より商家の数が増え、人通りも多くなっていた。

江戸は家康《いえやす》が幕府を開いて以来、城普請と町普請がつづけられている。俗に天下普請と言うが、諸国大名家はお手伝い普請と呼んでもいる。

幕府のためにご奉仕する普請作業に報酬はない。城壁の石を運ぶのも、必要な材木を搬入するのもすべて大名家の持ち出しだ。城下の土木工事然《しか》りである。そのために大名家は人を出し、入用の金を使わなければならない。さらに、将軍家光《いえみつ》が参勤交代を制度化したので、国許と江戸の行き来にも金がかかる。

諸藩の台所はますます苦しくなるばかりで、諸国大名家は弱体化を余儀なくされている。よって将軍家に逆らうことはできないし、そのような風潮になっていた。

「やはり江戸のお城は違うな……」

宗政は江戸城の天守を眺めてため息をつく。五重五層の天守が夕日を浴びていた。各層の外壁の上部は白漆喰塗籠《しろしっくいぬりごめ》だが、下部は銅板張りで黒く彩色してある。屋根も同じだ。全体的に黒い天守に見えるが、千鳥破風《ちどりはふ》には金の装飾がなされており、それがきらきらと夕日をはじいている。

「当家もあの城造りに精を出したことがありましたね」

孫蔵がそばに立って言う。

「父上の代のときがそうだった。そのはたらきがあって、平湯庄を譲り受けたのだ。お手伝い普請とは言うが、見返りもあるということだ」

「まあ、さようなことでしょう」

孫蔵が応じたとき、料理屋の玄関から「あら、いらっしゃいませ」と、ややかすれた女の声が飛んできた。

「これはこれはお殿様、いつおいでになるかと首を長くして待っていたのでございますよ」

門口までの飛び石をつたって女将《おかみ》が迎えにやってきた。

四十半ばの年増《としま》だが、愛嬌《あいきょう》があり客あしらいのうまい女将である。それに歳《とし》に目をつむれば、太《ふと》り肉《じし》の体は宗政の好みでもあった。かといって手をつけることはない。その辺のことは酔っても弁《わきま》えている。

女将は殿様と呼んだが、お忍びで夜遊びをする宗政は、おのれが大名だということは秘している。そのせいで、女将もどこかの旗本だとしか思っていない。

客座敷に案内され、女中が酒と料理を運んでくると、宗政は早速芸者を呼べと注文をつけた。

「辰之助、あまり派手にははしゃぐな。いまは大事なときだ。こんなところで粗相をしでかしたら目もあてられぬ」

孫蔵は手綱を締める。それに二人だけの無礼講なので、宗政を通称で呼ぶ。

「ま、堅いことは言いっこなしだ。今夜は存分に飲もうではないか。ささ、やれ」

宗政は孫蔵に酌をしてやる。

四

宇佐美左近将監安綱《うさみさこんしょうげんやすつな》は江戸に帰着すると、将軍家光に拝謁したのち、老中の阿部重次《あべしげつぐ》、松平信綱《のぶつな》に面会をすませ、ようやく江戸での暮らしを落ち着かせた。

とは言っても、幕府重鎮との面談は挨拶程度で、とくに用談をすることはなかった。安綱としては、早速、懸案の相談をしたいところではあるが、ことを急《せ》いては相手の疑心を招きかねないので、ひとまず顔見せでよいと考えていた。

（根回しはこれからじゃ……）

内心で算盤《そろばん》をはじく安綱は用心深く、老中らに取り入る段取りをいかにしたらよいか、そのことを熟慮している。

いわゆる猟官運動を開始しなければならないが、それには費《つい》えがいる。ただで人は動かない。そのために今夜は、大事な金の工面をしなければならなかった。

相手はこのところ江戸にて財をなしつつある両替商の松井屋庄三郎《まついやしょうざぶろう》を、京橋《きょうばし》に近い「八雲楼《やくもろう》」という料理屋に招き、まずはあたりさわりのない世間話をしながら酌をはじめたところだった。

「たった一年というのに、江戸の様変わりには目をみはる。商家が増え、人もまた増えているようだ」

安綱はうなずきながら鯛《たい》の煮物に箸を伸ばす。

安綱の隣には勘定奉行の吉原剛三郎《よしはらごうざぶろう》が控えており、静かに膳部の料理を味わっていた。料理は足の速い刺身は少なく煮物が中心である。それも魚と菜や芋、豆類などの精進料理だ。

「天下普請もそろそろ終わりでございますが、人はどんどん増えてまいります。それに合わせて、江戸で商売をはじめる者もほうぼうからやって来ます。わたしもその例に漏れずでございますが……」

松井屋は福々しい顔に笑みを浮かべる。小柄な男だが、商売は順調と見え血色がよく、行灯《あんどん》の灯《あか》りを受ける頬が桜色をしている。

「予が幼き頃は、道三堀《どうさんぼり》と日本橋川《にほんばしがわ》の北側が賑《にぎ》やかな町人地であったが、いまや日本橋から京橋あたりに商家が増えておる」

「町屋はさらに日比谷《ひびや》のほうまで増えるはずです。それから神田《かんだ》のほうに店を開く商人も多うございます」

「それだけ商家が増えれば、そなたと同じ商いをはじめる者もいるのではないか」

「まあ、わたしは地味に稼げればよいと考えています。無駄に手を広げるのは慎まなければ、いつ足を掬《すく》われるかわかりませぬ。商売は油断も隙もございませぬゆえに。それはともあれ、参勤交代ができてから殿様たちも大変でございますね。一年ごとに国許と江戸を行き来しなければならないのですから、さぞやご苦労もおありでしょう」

「予にかぎったことではないので愚痴は言えぬが、苦労のしどおしだ。それでもな、松井屋」

安綱は身を乗り出して松井屋を眺める。

蚊遣《かや》りの煙が目の前を流れ、夜風が風鈴を鳴らした。静謐《せいひつ》な座敷ではあるが、近くの座敷から賑やかな声が漏れ聞こえてくる。女の艶《つや》っぽい笑い声はよいが、男の下品な胴間声はいただけない。それでも気にせずに安綱は話をつづける。

「年に一度の旅だと思えば気も楽になる。ようは気の持ちようであろう」

「さすがお殿様のおっしゃることは違いますな。ごもっともごもっとも……」

酒が進むと口が軽くなり、松井屋にあった堅さも取れてきた。その頃合いを見計らって、安綱は本題を切り出した。

「ところで松井屋、当家の領国に金山が見つかったならば、商売になるであろうか？」

金山と聞いた松井屋は驚いたように目をみはった。伸ばしかけた箸を途中で止め、まじまじと安綱を見、隣の吉原剛三郎を眺めた。

「金山が見つかりそうなのでございますか……」

「蔓《つる》が見つかったのだ。このこと、そなたにだけしか話さぬので、かまえて他言無用であるぞ」

安綱は余裕の体《てい》で扇子を広げて仰ぐ。

「むろん、商売は口が固くなければ務まりませぬので……」

松井屋は喉仏を動かして生つばを呑《の》み込んだ。

「これも内緒の話ではあるが、殿はいずれ老中に推挙されるであろう」

それまで黙っていた吉原剛三郎が、ここぞとばかりに言葉を添えた。絶妙の間合いと言ってよいだろう。安綱は片頬に自慢げな笑みを浮かべる。

「それは大変なご出世。いや、お殿様は由緒ある譜代大名というお家柄、ご出世されるのは当然のことでございましょう」

「すぐにというわけではなかろうが、まずは小納戸か小姓組番頭あたりであろう」

安綱は煮豆を口に入れて謙遜する。もっとも口にした以上、その辺の役格にはつきたいと強く思う。そこへ吉原剛三郎が言葉を添える。

「いまのご老中らと同じ道を歩くというわけだ」

「いまのご老中様たちもさような道を歩んで見えたのですか……」

松井屋は感心顔をする。

「そこでもしもだ。もしも、国許に金山が出たときにはそなたの商才を頼みにしたいのだ。当家にはその辺のことに長《た》けた者がおらぬ。むろん、松井屋には一切の損はさせぬ」

剛三郎の言葉に松井屋の目が輝く。実際、片膝に置いた手の指が算盤をはじくように動いた。その様子を見た安綱は剛三郎を見て、小さくうなずく。目だけが大きく蟷螂《かまきり》のように痩せた男だが、優秀な勘定方である。剛三郎は心得顔でうなずき返した。

「わたしに務まりましょうか……」

松井屋は目をしばたたくが、その顔には喜色が浮かんでいた。

「そなたの商いの才があれば大きな利得になろう。是非にも力を貸してもらいたい」

「わたしでお役に立てることでしたら、骨身は惜しみません。こちらこそ、その折にはよろしくお願いいたします」

松井屋は神妙な顔で頭を下げた。

「そこで一つ頼みがある」

剛三郎がたたみ込んで話をしようとしたとき、近くの座敷からどっと笑いが起きた。さっきから三味《しやみ》の音や、女の嬌声《きようせい》が聞こえていたが、その声が一段と高くなった。男の酔った胴間声も大きくなっている。

安綱が扇子を閉じて騒ぎのほうに顔を向ければ、剛三郎も迷惑顔をそちらに向ける。

「頼みとおっしゃいますと……」

松井屋が身を乗り出して剛三郎を見、そして安綱をも見た。剛三郎が話をつづけようとしたとき、またもや大きな笑いが起き、

「よいよい！　遠慮はいらぬ。それ、踊れや踊れ！　ガハハハ！」

という酔っぱらいの声が重なった。

これでは話ができぬと安綱が渋面になると、剛三郎が手をたたいて女中を呼んだ。

「ずいぶん賑やかでございますね」

松井屋もあきれ顔をする。女中がすぐにやってきて、お呼びでございましょうかと尋ねた。

「うむ、あの騒ぎはなんだ。当方は静かに酒を楽しみ、大事な話をしておるのだ。大きな声で騒いだり笑ったりと迷惑至極。静かにするよう申しつけてこい。折角の料理が台なしではないか」

剛三郎の厳しい顔に、女中は畏《かしこ》まりましたと恐縮し、静かにしてもらうよう頼んでくると言って去った。

五

「なに、静かにしろだと。何も迷惑はかけておらぬだろう。ここは通夜や葬儀の席ではないのだ。固いことを申すでない。いったいどこの客がさようなことを言いやがる」

宗政は笑みを消して注意をしに来た女中を見た。

「その二つ先のお座敷にお見えになっていらっしゃいますお殿様が、迷惑だとおっしゃっておりますので……」

「殿様だと」

宗政はぐいっと盃《さかずき》を干して、はだけた胸をひと撫《な》でする。羽織を脱ぎ、胸をはだけ、片足を投げ出し、頭に巻いた手拭いに二本の箸を角のように立てていた。

「はい、殿様でございます。大事な話をなさっているようで……」

宗政はどうせ、その辺の旗本風情だろうと思い、

「うるさく言うなら、その殿様とやらが静かな部屋に移ればよいのだ。さように計らえ。さあ、女どもも今度はわしがご詠歌でも吟じて進ぜよう」

と、言い放った。

「これ辰《たつ》、辰之助、少し静かにしようではないか。やはり他の客の迷惑になってはいかぬ」

孫蔵が真面目《まじめ》顔で諫《いさ》める。

「何を言いやがる。おぬしは飲みが足らぬのだ。ほら、飲め。今宵はとことん楽しむのだ。おお、女どもそなたらも遠慮なく飲め。どれ、わしが酌をしてやる」

宗政は孫蔵に酌をしてやり、さらにそばに侍《はべ》る三人の芸者にも酌をしてやった。

芸者たちは「おほほ……」と、口に手をあてて微笑《ほほえ》み、白塗りの首をもたげて酒を飲む。

「それで、何をやると言ったかのぉ」

「いやだ、お殿様。ご詠歌を吟じるとおっしゃいましたよ」

二十歳だという芸者がほろ酔い顔を向けてくる。

「おお、さようであった。ご詠歌であった。よし、エヘンエヘン」

宗政は咳払《せきばら》いをして、低くうなりだした。

「松風や、松風や……」

そこで口を止め、芸者衆を眺め、鈴か鉦《かね》はないかと問うた。誰もがありませんと残念そうに答えれば、太り肉の芸者にお碗《わん》を持たせ、それを箸で調子よくたたけと命じる。

キンコンキンコンと、音は悪いが、宗政はそれでよいと満足げにうなずく。供をしている孫蔵はやれやれとあきれ顔で首を振るしかない。

「では、まいるぞ。エヘン」

ひとつ咳払いをした宗政は、低い声で吟じるように歌いはじめた。

「松風やー　音羽《おとわ》の滝のー　清水《きよみず》をー　むすぶ心はー　涼しかるらーん」

宗政が句を切る度に、太り肉の芸者がキンコン、キンキン、コンコンとお碗をたたく。歌い終わると、他の芸者が小さく手をたたいて、もうひとつもうひとつとせがむ。宗政はならばと、背筋を伸ばし、エヘンと咳払いをひとつ。それから酒で喉を湿らせて歌いはじめた。

「何だあれは……」

静かになったと思ったが、今度はキンキン、コンコンという変な音と、しわがれたようなうなり声が聞こえてきた。

安綱は眉宇をひそめて耳を澄ます。口を開きかけた剛三郎も話を中断した。身を乗り出し、つぎの話を聞こうとしていた松井屋庄三郎も、訝《いぶか》しげに細い眉を動かした。

「〽なみのおとぉ〜まつのぉ〜ひびきも〜なりあいのぉ〜かぜふきわたすぅ〜あまのはしだてぇ〜」

歌の間には、キンとかコンとか、キンコンという物をたたく音が挟まった。下手《へた》くそないびつな塩辛声が終わると、パチパチと手がたたかれ、女たちの黄色い声が重なった。

「それで、話のつづきだ」

近くの座敷の騒ぎをよそに剛三郎が口を開いた。

「はい、頼みがあるとおっしゃいましたね」

松井屋は神妙な顔をするが、警戒の色が目に浮かんでいた。

「領内の山に金の蔓があるのはたしか。山奉行らはいま大きな蔓探しに汗を流しているところだ」

「大きな蔓……」

松井屋は興味津々の目つきだ。

「さよう。大きな蔓が見つかりさえすれば、そのほうの出番と相成る。奥平《おくだいら》藩宇佐美家の台所を肥やすためのはたらきをしてもらいたい。むろん、そのほうにも大きな利得となるであろう。そのことしかと請け合う。細かい話はまた日をあらためてしなければならぬが、よくよく承知してもらいたい」

「はい、さようなことでしたら。いつでも足を運ばせていただきます」

「ようは金をいかに捌《さば》くかである。殿、さようなことでございますね」

二人のやり取りを見守っている安綱に、剛三郎が顔を向けてくる。

安綱は「うむ」と承知顔でうなずく。

「金の捌き方でございますか。さようなことならいかようにもできるかと存じます」

「うむ、そこでだ。その金山を探すための費えがなかなか大変でのぉ」

いよいよ本題のなかの本題に入ろうと、剛三郎は言葉を切る。松井屋の体がわずかに引かれた。さすが並の商人ではないので察しがよい。

「いや、懸念するなかれ」

剛三郎は松井屋の警戒を解く。

「そなたに大きな利得をもたらす話である」

「ははあ……」

「金山探しの元手が少々……」

剛三郎が言葉を切ったのは、またもや賑やかな声が聞こえてきたからである。女たちの嬌声にまじり、豪快な野太い笑い声が廊下をつたって安綱らのいる座敷に届く。

「まったくうるさい客だ」

剛三郎が吐き捨てれば、

「これでは大事な話もままならぬ。松井屋、今日のところはここまでにしておこう。されど、さっきの話はくれぐれもこれだ。わかっておるな」

安綱は口の前に指を立てて見せた。用談は途中で切りあげることになるが、安綱は松井屋に期待を持たせておくのもひとつの手だと考えた。

「河岸《かし》を変えてはいかがでございましょう」

松井屋はつづきの話をしたがるが、安綱は首を横に振った。

「今宵はこれまでにいたそう。そろそろ屋敷に戻らねばならぬ刻限でもある」

「はあ、それは残念な。でもお殿様、その金山の話、また伺わせていただけますか」

「この話、そなただけだ。案ずるなかれ」

松井屋はありがたいことですと頭を下げた。

剛三郎が女将を呼んで勘定を頼むと、すかさず松井屋が手をあげて制し、

「どうかここは手前におまかせくださりませ」

と、引き受けた。

安綱は女将の見送りを受けて店の表に出た。待っていた供の者がそばに来て、乗物を近くまで運ばせた。その際、安綱は近くにある駕籠のそばで退屈顔をしている若党を眺めた。主人を待っているのだろうが、さっきのやかましい客がそうではなかろうかと思った。

乗物に腰を据えると、御簾《みす》を開けて夜風を入れた。皓々《こうこう》と照る月が空に浮かび、屋敷の塀の向こうにある楠《くすのき》が薄い影を地面に作っていた。

「さっきの駕籠のそばに控えていた供侍はどこの者だ。聞いてはおらぬか？」

安綱はそばを歩く家臣に聞いた。

「椿山藩本郷《ほんごう》家の者でした。詳しいことは聞いておりませぬが、隼人正《はやとのかみ》様の供のようです」

（なに……）

安綱は内心でつぶやき、眉間にしわを彫った。あの下手なご詠歌を歌い、騒いでおったのが隼人正だったのか？　はっきりはしないが、どうもそのような気がする。

安綱は拳を強くにぎり締めた。こちらが大事な駆け引きをしているときに、よりによって本郷隼人正が同じ料理屋で騒いでいたと思うと腹が立ってきた。

安綱は奥歯を噛《か》むように顎に力を込め、

（いまに見ておれ）

と、腹のなかで毒づいた。

六

蟬《せみ》たちがうるさく鳴いている。軒先に吊《つる》してある風鈴が、そよ風に揺れちりんちりんと音を奏でていた。

奥書院の文机《ふづくえ》の前に坐《ざ》している宗政は、心地よい風を受けながら居眠りしそうになっていた。上瞼《うわまぶた》と下瞼が仲良くなりそうだ。それでも頭を強く振ってまどろみを撥《は》ね除《の》け、カッと目をあけた。

普段ならまだしも、今日は居眠り禁物である。正妻凜の父親、青木重雲《あおきじゅううん》がやってくることになっていた。重雲は齢六十五歳という老齢であるが、いまは亡き久留米《くるめ》藩有馬豊氏《ありまとようじ》の御殿医を務めていた。そして、いまも豊氏の跡を襲《と》った有馬忠頼《ただより》の御殿医として江戸藩邸に詰めている。

重雲から連絡が来たのは二日前で、大事な話があるので是非にも会いたいというのである。宗政としては老いぼれの爺《じい》さん相手に茶飲み話など御免蒙《こうむ》りたいが、相手は正妻の父親なのでむげに断ることができない。

そろそろ来てもよさそうな刻限ではないかと思いながら、庭の椿に目を向ける。季節は秋になっているが、日差しは夏のままである。

「殿、青木重雲様がお見えになりました。いかがいたしましょうか？」

小姓の田中右近《うこん》が廊下に跪いて報告した。

「どこにおる？」

「お玄関に見えていらっしゃいます」

宗政は茶室にもてなそうか、それとも涼しい広縁で会おうかと考え、

「広縁に通せ。あそこは涼しい風が吹きわたる」

そう答え、自ら立ちあがって大廊下に足を進め、どっかと踏み石のあるそばに腰を下ろした。目の前の庭に枝振りのよい松が影を作っていた。

「隼人殿、隼人殿……」

よろぼうように廊下を歩きながら青木重雲がやってきた。娘の夫でも相手は大名

なので、そばに来ると深く腰を折り跪いて頭を下げた。

「苦しゅうない。面を上げなされ」

重雲はしわ深い顔をあげてニカッと笑った。だが、すぐに目を厳しくした。

「他でもない話がございます。どこか人の耳のないところで話しとうございます」

「ここでもかまわぬだろう」

「いいやどこに耳があるかわかりませぬ。たとえ、信の厚いご家来でもめったに漏らせぬことゆえ……」

重雲はふがふがと口を動かす。歯がほとんどないのだ。それに加え頭も、いつの間にか剃《そ》って坊主頭になっていた。眉毛は真っ白だ。

「それほど内密なことであろうか……」

「内密も内密でございまするよ」

「では、書院のほうへ」

宗政は重雲に手を貸して自分の御座所に案内すると、小姓らを人払いした。

窓から風が吹き流れてくるが暑い。蟬の声も暑さをいや増す。重雲は扇子を使って、小さな体でしげしげと宗政を見あげ、

「隼人殿、何か国許で粗相があったのではございませぬか……」

と、妙なことを口にした。

「粗相……。さようなことは何もない。いったい何の話だ？」

「耳にいたしたのです。椿山藩本郷家が乱れているようなことを……」

「いったいどこでさような出鱈目《でたらめ》を聞いてきた？」

「ご城内です」

宗政は太眉をぴくりと動かした。重雲は有馬家の御殿医であるが、将軍付きの御殿医らとも交誼《こうぎ》を結んでいる。医者同士、横の繫《つな》がりがある。

「お気をつけくださりませ」

しわがれた低い声で重雲は言う。

「何を気をつけろと申す。わしは粗相もしておらぬし、国も安泰だ。人に後ろ指をさされるようなことはない」

「わたしは隼人殿を信じますが、人の噂は怖《おそ》ろしいものです。ただの噂で終わればよいのですが、下手をすると足を掬われかねませぬ」

「お待ちを、お義父上《ちちうえ》。一切身に覚えのないことを言われても困る。いったい誰がそんな噂を流しておるのだ」

「それはわかりませぬ」

宗政は眉宇をひそめて、小庭に目を向けた。先日も同じようなことを、留守居の権左衛門から聞いた。権左衛門は将軍家光の側用人堀田加賀守正盛から聞いたと言った。

「気に入らぬ」

宗政は脇息を扇子でぴしりとたたくと、眉尻を吊《つ》りあげて重雲をにらむように見た。

「お義父上、誓ってわしは潔白である。国も安泰だ。もっとも、国に一揆が起きたということを耳にいたした。それが嘘《うそ》か実《まこと》か、いま国に問い合わせておる。返書が間もなくやってくる頃だ」

「治国の乱れは咎《とが》められます。それに上様は大変気が短《みじこ》うございます。それも持病のせいかと思われますが、こうと決めたら後に引かれぬ方。誰が噂を流しているのか、それはわかりませぬが、隼人殿の目の行き届かぬところで騒ぎが起きているのかもしれませぬ。事の真偽はわかりませぬが、気を引き締めて威儀を正してくだされ。上様ににらまれたら本郷家は改易、あるいは国替えも言いわたされかねませぬ」

宗政は神妙な顔で重雲を長々と凝視した。将軍家光のことは少なからず耳にしている。持病の脚気《かっけ》のせいか吃音《きつおん》持ちのせいか、ひねた性分で、些細《ささい》なことで激怒し、意見すれば怒りにまかせて処罰するという。

「どんな噂が流れていようが、わしは清廉潔白だ。国に乱れもない。治国も疎かにはしておらぬ」

「そうでございましょうが、他人の目にどう映るかわからぬことがあります」

「相わかった。心配はいらぬ」

「よくよくお頼み申します」

重雲は頭を下げ、短い世間話をして帰っていった。

それから間を置かずに、留守居の鈴木権左衛門が田中孫蔵と連れだってやってきた。

国許から返書が来たと言うのだ。

「よし、広間で……」

七

「いましがた姫君のお父上にお会いしました。お急ぎの御用でもあったのでございましょうか」

権左衛門が挨拶のついでに重雲のことを口にした。

「妙な噂が流れているので気をつけろと言われた。忌々しい話だ。それで返書は？」

宗政が問うと、孫蔵が書簡を手わたしてくれた。差出人は城代家老の鈴木多聞だった。

宗政は受け取るなり封を切り、目を通していった。一揆の気配は何もないということだったが、それにつづく文言を読んで眉宇をひそめ、「なに」と声を漏らした。

「何かございましたか？」

孫蔵が不安げな顔で身を乗り出した。宗政は答えずに最後まで読んでから、

「目を通せ」

と、孫蔵に手わたした。

孫蔵が読むそばから権左衛門がのぞき込む。二人は宗政と同じく、驚きの声を漏らした。

「普請が無駄になったようだ」

宗政はうなるような声で言うと、大きなため息をついた。

多聞は国の治安は保たれ、一揆の気配もなければ、平湯庄を襲った賊もあらわれ

ないと書いて寄越《よこ》していたが、国が大雨に祟《たた》られ、城下の町が浸水し、田畑が水浸しになっていると書いていた。さらに、普請を終えた土手が決壊し、架け替えたばかりの橋も流されたという。

文面だけではその被害状況は詳しくわからないが、商家も百姓たちもかなりの損害を出しているようだ。

「幸橋《さいわいばし》も崩れ落ちたと書かれていますが、これは相当の禍害に見舞われているようです」

権左衛門が顔を曇らせる。

「村の半分ほどの稲田は水に浸《つ》かっているようです。今年は米の収穫は望めませぬ。救われるのは平湯庄にある四ヵ村の害がさほどではないということですが……」

孫蔵はそう言って、もう一度返書に目を落とし、

「城の石垣も崩れたとありますが、いかがされます？」

と、顔をあげた。

崩壊した石垣は二の丸の北側であった。もともと普請の必要があった箇所だが、「武家諸法度」の定めにより石垣普請は幕府の許可を得なければできない。

「石垣普請は願い出ればすむこと。されど、水害にあった田畑はすぐに元に戻りは

せぬ」

「だからといって指をくわえて見ているわけにもまいりますまい。殿、よきお指図を」

権左衛門が一膝進めて言う。

宗政は考えた。洪水に見舞われ、甚大な被害を蒙ったのは天神川《てんじんがわ》沿いの春日《かすが》村・白根《しらね》村・曽根《そね》村の三村。そして、絹川《きぬがわ》沿いの長者《ちようじや》村と大泉《おおいずみ》村の二村。とくにひどいのが大泉村らしい。

宗政は水浸しになった稲田や、その様子を呆然《ぼうぜん》と見守る百姓たちの姿を想像すると胸が痛くなった。こういうときにこそ領民たちに手を差し伸べてやらなければならぬと思う。

「いかがなさいます」

権左衛門が催促した。

宗政はぎろりとにらみつけ「慌てるな」と、一喝したあとでつづけた。

「町の者も村の者も食うに困っているやもしれぬ。藩の米蔵を開け、困窮している者らに米を配るのだ。暮らしがすぐに立たぬ者もいるだろうから、城下に救恤《きゆうじゆつ》小屋を設け義捐《ぎえん》の金を配る。足りなければ、わしが持っている家宝の鎧兜《よろいかぶと》、茶道具を売り払ってもよい」

「殿……」

孫蔵が見惚《みと》れたような目を向けてきた。

「なんだ？」

「それでこそ、一国一城の主《あるじ》でございまする」

「戯《ざ》れ言《ごと》はあとにしろ。いま言ったこと、ただちに書き付け早飛脚を飛ばせ」

「はは」

孫蔵は普段になく畏まって頭を下げた。

「殿、天晴《あっぱ》れな太っ腹だと思いまするが、藩の台所具合は大丈夫なんでございましようか」

権左衛門は現実的なことを口にする。

宗政は静かに首を振り、

「さようなことを考えておったら、何もできぬわい」

と、切り捨てた。

家老部屋に戻るなり、田中孫蔵は宗政から言われたことを書簡にしたため、すぐに国許へ飛脚を飛ばした。

やれやれと一息ついたとき、小姓の田中右近がやってきて、

「ご家老、殿様がお呼びでございます」

と、告げた。

「どこにいらっしゃる？」

「奥の御座所です」

孫蔵は筆や硯《すずり》などを右近に片づけるよう命じて、宗政を訪ねた。

「孫蔵、罷り越しました」

「入れ。春之丞、人払いじゃ」

いつもそばに侍っている小姓頭の春之丞は、無言のまま孫蔵に目顔で挨拶をして立ち去った。

「国のことは心配ではあるが、江戸にいては何もできぬ」

宗政にしてはめずらしく悩ましげな顔を向けてくる。

「ごもっとも……」

「書状は出したか？」

「手はずは終えました。二、三日後には国許に届くはずです。あとは多聞様以下の

ご家老らにまかせるしかありませぬ」

「噂のことだ……」

孫蔵はいつになく真剣な顔をしている宗政を眺める。めったに見せる表情ではない。

「国許で一揆が起きたということでございまするか」

宗政はうむとうなずき、もっと近くへ来いといざなった。孫蔵が膝を進めると、

「堅苦しくなるな。人は払っておる」

人の目も耳もないので気兼ねはいらぬと言っているのだ。

「一揆の噂は誰かが流したか、あるいは単なる噂かもしれぬ。気にせず打っちゃっておけばよいと思いもするが……」

孫蔵は一膝進めて言った。

「わしも気には留めなかった。しかれど、お義父上の忠告があった。孫、これはただ事ではないぞ。留守居の阿波は堀田加賀様から同じようなことを言われておる」

「そうであったな」

「江戸に来て二度も同じようなことを言われたのは由々しきこと。孫、誰がさような噂を流していると思う？」

孫蔵は真剣な顔で考えた。思いつくのは、平湯庄が正体不明の賊に襲われ騒ぎになったことだ。

「誰が噂を流したのかわからぬが、一揆に類することで思いあたるとすれば、平湯庄が襲われたことぐらいだ。だが、一揆は起きておらぬ。あの村の百姓らは、当家の味方だ。さりながら、あの騒ぎを見た、あるいは知った者が大袈裟に吹聴《ふいちょう》したということは考えられる。それが江戸表《おもて》に流れてきたということであろうか。もっとも噂には尾鰭《おひれ》がついて始末に負えぬことがある」

「であるなら賊が平湯庄を襲ったとき、その騒ぎを見た者がいたということになる」

「旅の者がいたのかもしれぬ。あるいは、賊が噂を立てた……」

孫蔵は言葉を切って「いや」と、自分の言葉を否定した。

「なんだ」

宗政は大きな体を乗り出し真剣な目を向けてくる。

「賊が噂を立てたというのは考えにくい。となれば、賊を手引きした者が噂を流したのかもしれぬ」

「その者は……」

孫蔵は口に出してよいものかどうか躊躇《ためら》ったが、

「一学《いちがく》様の考えがあたっているのやもしれぬ」

と、家老の佐々木《ささき》一学の怜悧《れいり》な顔を思い出して言った。

「すると宇佐美家の誰かが流していると……」

「あるかもしれぬ」

宗政は大きく息を吐き出して身を引いた。

「一学は国許にいる。この調べはできぬ。孫、噂の根を断たねばならん。誰が流しているか調べてくれ」

「待ってくれ辰之助。おれはお城には登れないのだ」

「城に行かずとも調べはできよう。孫、こういうときはおぬしが頼りだ。まかり間違って改易や国替えにでもなったら大事だ。手を打ってくれ。のう、孫よう」

宗政は甘えるような顔を向けてくる。孫蔵は宗政のことをまったく人たらしだと思うが、頼りにされて悪い気はしない。

「どこまでやれるかわからぬが、調べてみよう」

第四章　誤　算

一

蜩《ひぐらし》の声が多く聞かれるようになっていた。

安綱《やすつな》は一橋《ひとつばし》御門外にある江戸藩邸の縁側に立って楠《くすのき》の向こうに見える江戸城を眺めていた。黒い天守が晴れわたった空に聳《そび》えている。

（ここには領国のような高い山はない）

あらためて思うのだった。お城の城壁の上には松や椎《しい》、欅《けやき》、楠などが見える。石垣の上にある白漆喰《しろしっくい》の塀と櫓《やぐら》がその深緑に映えている。

（江戸はよい）

よいが、このままではどうにもならぬという焦りが安綱の胸のうちにある。

国は貧乏だ。借金の山である。くわえておのれの出世の目処《めど》もつかぬままである。さらには金山が……。と思ったところで、安綱は頭を振ってそばに控える小姓《こしょう》に、

「千右衛門《せんえもん》を呼べ」

と言いつけ、奥の書院に入った。

ほどなくして江戸留守居役の柏原《かしわばら》千右衛門がやってきた。

「これへ」

安綱は一段高い座所から千右衛門を見下ろす。齢《よわい》五十八の年寄りだが、老中や将軍の側用人《そばようにん》らにわたりをつける大事な家臣だ。小太りで顔の肉づきがよいので相応の貫禄《かんろく》を有している。

「ご老中らとの会食の件、いかがした？」

安綱は金策を兼ねて猟官運動に熱心になっている。大老の井伊《いい》直孝《なおたか》にはまだ会えずじまいであるが、老中の阿部《あべ》重次《しげつぐ》と松平信綱《まつだいらのぶつな》には根回しがしてある。

とくに安綱は松平伊豆守《いずのかみ》信綱とのつながりを重要視していた。信綱は家光《いえみつ》付きの小姓から老中首座に出世した男で、武蔵川越《むさしかわごえ》藩六万石の大名である。

「なかなかにお忙しいようで、日取りがはっきりいたしませぬ」

安綱は片眉を動かし、閉じたままの扇子を短く動かした。

「予はご老中らの都合に合わせる。色よい返事をもらいたいものだ」

「さように取り計らっておりますゆえ、しばしばお待ちくださいませ」

安綱はふんと鼻を鳴らした。待たされてばかりである。

「ま、よかろう。帰国までまだ間はある。程よいところで折り合いをつけてくれ」

「承知いたしております」

「ところで、当家の隣藩、本郷《ほんごう》家の江戸屋敷を知っておるか？」

「本郷隼人正《はやとのかみ》様お屋敷は、上屋敷は外桜田《そとさくらだ》に中屋敷は高輪《たかなわ》、下屋敷は北品川《きたしながわ》の八《や》ツ山《やま》のそばだったはずです」

安綱は両眉を大きく動かした。なんと中屋敷の他に下屋敷もあるのかと、意外に思った。自分の屋敷といえば、この上屋敷と深川仙台堀《ふかがわせんだいぼり》に抱え屋敷があるだけだ。

相手は外様《とざま》であるのに、屋敷を三つも所有している。これも裕福な国とそうでない国の違いかと肚裡《とり》でつぶやく。おのれは幕閣に近侍する譜代《ふだい》である。城中にあっての伺候席は帝鑑之間《ていかんのま》。相手は外様大名に与えられた柳之間だ。

「なにか本郷家に……」

千右衛門が訝《いぶか》しげな顔をする。

「いや、なんでもない。ともあれ、ご老中らとの会食の件、おさおさ怠りなく頼む」

「御意にござりまする」

千右衛門が去ると、安綱は脇息《きょうそく》に凭《もた》れたまま表の庭を眺めた。

（そうか、江戸屋敷が三つであるか……）

なんとはなしに本郷隼人正が妬ましくなる。

安綱は小姓に氏家勇四郎《うじいえゆうしろう》を呼べと命じた。江戸家老である。江戸に在府の家老らは平湯庄《ひらゆしょう》のことや助五郎《すけごろう》らのことは知らないが、勇四郎は江戸にあっては、安綱の右腕となってはたらく者なので隠しごとはしていない。

もっとも助五郎ら山賊を使って平湯庄を攪乱《かくらん》したというのは秘している。

勇四郎がやってくると、

「金策はいかに……」

と、のっけから問うた。勇四郎は顴骨《けんこつ》の張った面《おもて》をあげ、静かに答えた。

「先般、殿が面談されました松井屋《まついや》は五百両ならすぐに都合すると申しております」

「なに五百両……」

安綱は眉宇をひそめた。金高が違いすぎる。一万両は望めないと思っていたが、せめて五千両はと皮算用していたのだ。それが、たったの五百両。目眩《めまい》がしそうになった。

「勘定方の吉原《よしはら》殿との話では、さような仕儀になったそうでございます」

「五百両で何ができるッ」

声は抑えたが語気は鋭かった。勇四郎はびくっと肩をすくめにじり下がった。

「予は万両は望まぬが、せめて五千両は貸してくれると見込んでおったのだ」

「殿、松井屋に五千両はいささか荷でございましょう。のしてきた両替商とはいえ、さほどの商人ではございませぬ」

「されど、いまの江戸で松井屋に肩を並べる両替商はいないと聞いておるのだ」

「そうかもしれませぬが、武田屋《たけだや》や尾関屋《おぜきや》ほどの財はまだないはずです」

武田屋と尾関屋は海運業で大きな財をなしている。大名貸も行っているが、すでに他の大名家が手をつけているので、安綱が頼んだとしても断られるとわかっている。

他にも材木商の大河内屋《おおこうちや》・大和屋《やまとや》・西沢屋《にしざわや》、酒造業の鴻池屋《こうのいけや》・播磨屋《はりまや》などと大名貸をする豪商がいるが、いずれもお手つきで宇佐美《うさみ》家の入る隙はなかった。

「ならばいかがする。いかに算段する？　入費《にゅうひ》がなければ借りるしかないのだ。言われずともわかっておろう」

安綱が目くじらを立てると、前以《まえもっ》て考えていたらしきことを勇四郎が口にした。

「呉服商の武蔵屋《むさしや》と船積《ふなづみ》問屋の川口屋《かわぐちや》には話が通せるかと思います」

初めて聞く話だった。いかほどの商人だと問えば、勇四郎は余裕の体《てい》で答えた。

「武蔵屋は日本橋《にほんばし》に店を出して数年でございますが、大きな利益を上げているようです。川口屋然《しか》り。それも大名家とのつながりを持ちたいと望んでいると耳にいたしました」

「他家と話をしておるのではないか……」

安綱は目を輝かせる。

「話はあるかと思いまするが、いずれも外様のようです。当家ほどの力はございますまい。それに殿はこれからご出世なさる方。国許《くにもと》にも金山の出目がございます。相手も弁済の目処があるとなれば、出ししぶることはないかと思いますが……」

「話はできるか？」

「いつでも」

安綱はくわっと目をみはり、早速段取りをつけろと命じた。

一人になった安綱は、金の心配がなくなれば、老中ら重臣と膝つき合わせて話ができると心を奮い立たせた。おのれは落ちぶれ大名にはなりたくない。のし上がって、将軍の側近中の側近になるのだと、内心に言い聞かせる。

書院の窓辺により、茜色《あかねいろ》に染まった空を眺めた。庭先を蜻蛉《とんぼ》が舞い、蜩の声が高くなっていた。

金鉱探しをやっている山奉行の原崎惣左衛門《はらさきそうざえもん》のことが頭に浮かぶと、ふと助五郎たちのことが気になった。助五郎らのことは左門《さもん》と軍兵衛《ぐんべえ》にまかせているが、その後沙汰がない。

「助五郎……」

安綱は小さくつぶやいて、間もなく夕星《ゆうつづ》が見えるであろう西の空を見やった。

二

奥平城《おくだいら》――

米原銑十郎《よねはらせんじゆうろう》は家老の鮫島《さめじま》軍兵衛と西藤《さいとう》左門に会ってきたばかりだった。本丸御殿を出ると、一度夕暮れの空をあおぎ見て、ふっとため息をついた。

（こうなるのか……）

予測していたことではあったが、心中には虚《むな》しい風が吹いている。唇を噛《か》んで、城内の北西にある牢《ろう》に足を向けた。主《あるじ》のいない城は静かだ。もっとも多くの家臣が下城したからでもある。ただ、蜩の声だけが賑《にぎ》やかだ。

すでに夕闇が漂いはじめている。牢に足を向ける銑十郎は憂鬱だった。なぜなのか、その理由はおのれでわかっている。

助五郎たちに気を許したわけではないが、いつしかあの立神《たてがみ》の里《さと》で暮らす者たちに心寄せるようになっていた。助五郎以下の手下たちは礼儀作法に無知で、無礼な言動や振る舞いにも頓着しなかったが、簡素な山のなかで暮らす純朴な自由人だった。それだけに籠絡するのは難しくなかった。

使い道はたしかにあった。しかし、小六《ころく》が孫助《まごすけ》の敵討《かたきう》ちだと言って、西藤左門に闇討ちをかけたのが運の尽きであった。

先ほど助五郎に対する仕置きが決まった。立神の里に住んでいた者たちを吟味してきた西藤左門と鮫島軍兵衛は、「斬首」という処断を下した。

これまでも吟味は慎重かつ入念に行われ、平湯庄を襲ったことを知らない女子供は赦免され、西藤左門を襲った小六ら仲間たちはすでに斬首されていた。

残っているのは助五郎のみだった。もし、助五郎が命乞いをし、藩に奉じ藩主に忠誠を誓うなら助かる見込みはあった。だが、助五郎は拒んだ。

銑十郎は牢の前で立ち止まった。立神の里で暮らしていた者たちを留置するために、急ぎ作られた牢である。もう、その牢にいるのは助五郎のみだ。

牢屋入口に立つ、槍《やり》を持った牢番が銑十郎を訝しそうに見てきた。

「飯はいかがした？」

「先ほど運んだばかりでございます」

牢番が答えるのに、銑十郎は無表情にうなずき、牢内に足を踏み入れた。薄暗い牢は閑散としていた。小さな灯火が細い通路の奥にひとつだけある。

牢内には異臭が漂っていた。処刑された者たちの糞尿《ふんにょう》と体臭の名残だ。

助五郎が入れられている牢の前に立った銑十郎は、憐憫《れんびん》を込めた目を薄暗い闇のなかに向けた。助五郎は胡坐《あぐら》をかき、正面をにらむように見ていた。膝前には運ばれた物相飯《もっそうめし》と薄い味噌汁《みそしる》が置かれていた。助五郎は箸をつけていなかった。

「裏切り野郎……」

くぐもった声を漏らした助五郎が、憎悪に燃える目を向けてきた。

「おれの仲間はどこへ行った？」

今日の昼間、その仲間は牢から出され、城下の処刑場で斬首されていた。

「どこへ行ったと聞いてんだ！　このくそ野郎ッ！」

助五郎の憎悪の声が牢内にひびいた。燭台《しょくだい》のあわい火灯《ひあか》りを受ける双眸《そうぼう》がぎらついた。頰髯《ほおひげ》に覆われた厚い唇が光ったように火灯りを照り返していた。

「みんな無事に城を出た」

そう言うしかなかった。

「けっ……騙《だま》しやがって。てめえも宇佐美左近《さこん》もその家来も恨み殺してやる。おりゃあ地獄に落ちたって、てめえらのことは許さねえ」

銑十郎には返す言葉がない。できることなら助けてやりたいが、そうすることはできない。

「助五郎、明日おぬしもここを出られる」

助五郎の目がくわっと見開かれた。

「放免してくれるのか……」

「帰伏する気はないか。殿もおぬしには目をかけておられた。召し抱えると言われたことは嘘《うそ》ではなかったのだ」

「だからなんだ？　騙したやつに服従しろというのか。ふざけるなッ」

助五郎はつばを飛ばし、ぎらつく目を向けてくる。

「気は変わらぬか……」

助五郎はケッと吐き捨て、足を組み替えた。銑十郎は無言で助五郎を見つめた。ここで説諭しても、裁きが変わらないことはわかっている。それに強情な助五郎はどんな言葉を並べても信じないだろう。

「飯を食え」

ただ、それだけを言って助五郎の牢から離れた。

「米原銑十郎」

牢にひびく助五郎の声が背中を追いかけてきた。銑十郎が立ち止まると、

「六蔵《ろくぞう》はどこへ行った。やつの顔が見えなかった。やつは逃げたのか？」

助五郎は逃げた六蔵のことを言っているのだ。だが、六蔵は人相書きを持った目付たちに追われている。いずれ捕縛されるはずだ。

「おい、聞こえてんのか！　六蔵はどこだ？」

銑十郎は小さく頭を振ってそのまま表へ出た。夕闇が濃くなっていた。

牢内が無音の闇に戻った。聞こえるのは表で鳴く蜩の声だけだ。それもさっきより少なくなっていた。

助五郎はわかっていた。仲間がどうなったかを。おそらく生きてはいない。騙された。いいように使われ、そして捨てられた。

米原銑十郎は、明日ここを出られると言った。行く先は刑場だろう。くそったれ、と腹のなかで毒づき、天井に近い場所にある明かり取りの小窓を見た。動かない灰色の雲が、紫紺色の空に浮かんでいた。

「六蔵、どこにいるんだ……」

助五郎はつぶやいた。

（そうだ、あの野郎。いいことを教えてくれたな……）

六蔵は源爺《げんじい》から教えてもらったという言葉を教えてくれた。

――無いが極楽知らぬが仏

助五郎もその言葉を何度か源爺から聞いていたが、いつも聞き流していた。だから意味がわからなかった。ただ、極楽には何もないのを仏は知らないと、勝手に解釈していた。

しかし、違った。六蔵はこう教えてくれた。

――贅沢《ぜいたく》や世間のことを知らなきゃ悩むことなく、貧乏でも幸せでいられる。

たしかにそうだと、いまになってつくづく思う。

空に浮かんでいる雲が少しずつ黒くなっていた。

「六蔵、生きていろよ」

助五郎はあきらめの境地のなかで、六蔵の無事を祈った。

三

江戸は秋の深まりを迎えていた。

そして、九月は何かと忙しい。朔日《ついたち》は月次御礼《つきなみおんれい》、九日は重陽《ちょうよう》の御祝い、そして十五日の今日も月次御礼で登城であった。七月にも月次御礼の他に鯖代《さばだい》献上・七夕《しちせき》御祝いがあり四度も登城したが、今月も下旬に登城しなければならない。

登城は本郷隼人正宗政《むねまさ》にとって退屈極まりなく、肩の凝る行事である。しかし、登城しないわけにはいかぬから、その朝も忙《せわ》しなく江戸藩邸を出て登城した。

忙しいのは行事によって熨斗目《のしめ》長裃《ながかみしも》であったり素袍《すおう》侍烏帽子《さむらいえぼし》であったり、染帷子《そめかたびら》長裃などと装束がその都度決められているからだ。

今日は月行事で長裃なのでわりと楽ではあるが、堅苦しいことに変わりはない。

例によって宗政は柳之間に控え、将軍家光の謁見になると大広間下座に着座し頭を下げていた。隣にいる大名がどこの誰かはわからない。廊下ですれ違う相手さえ、顔も名前もわからない。何度か見かけた顔はあるが、はてそれがどこの誰やら見当もつかぬ。

同じ大名であるのは間違いなかろうが、まったくわからないし、興味もない。御殿に入れば遠侍《とおさぶらい》という控えの間で待たされるのだが、静粛にしていなければならず、無駄口や世間話もままならない。登城は堅苦しくて緊張もするが、退屈極まりない。

その日も滞りなく行事が終わった。広間の上段之間に座す将軍家光の顔は見えず、また声もよく届いては来なかった。

ただ、頭を下げ畳の目を数えながら時のたつのを待っていた。

ようやく将軍が退出をして行事が終わったので、やれやれと安堵《あんど》の吐息を漏らしながら玄関に向かっていると、甲高い茶坊主の声がした。

誰かを呼んでいるようだが、まさか自分ではあるまいと玄関に足を進めていると、

「本郷隼人正殿、隼人正殿……いずれにおいでであろう。隼人正殿」

という声が背中を追いかけてきた。

なんだわしのことかと思った宗政が突然立ち止まったので、後ろを歩いていた大

名が肩にぶつかった。

「これは失礼……」

宗政は慇懃《いんぎん》に目礼した。相手が上位の大名なのか下位の大名なのかわからぬから、下手《へた》に畏《かしこ》まることはない。かといって上位の者なら腰を折らなければならない。だから、目礼だけですませた。

(これは粗相にあたるまい)

勝手に思う間も茶坊主の声がする。

「本郷隼人はわしでござる」

奥にいる茶坊主に答えると、後ろからやって来たすらりと背の高い見目のいい大名が、

「貴殿が……」

と、つぶやいて立ち止まった。

「はあ……」

宗政は知り合いだろうかと思って、相手をしげしげと見たが、

「いや失礼」

と言って、相手は足速に横をすり抜けていった。

その大名と入れ替わるように小柄な茶坊主がそばに来た。

「本郷隼人正殿でござっしゃるな」

そうでござっしゃるよ、と思わず答えそうになったが、喉元で抑えて「さよう」とうなずいた。

「阿部豊後守《ぶんごのかみ》様からのお呼び出しでございます」

そりゃ誰だと問おうとしながら、「阿部豊後守、阿部豊後守」と、胸中で呪文のように唱える。

「ご老中がお話があるそうでございます」

ああ、老中の阿部豊後守忠秋様かと、ぼんやり考えたが、

（なんだと！）

と、驚きの声を胸のうちで発した。茶坊主がついてきてくれと言うので、ついていくしかない。阿部豊後守と言えば、老中筆頭の松平信綱につぐ将軍の側近である。その豊後守がなにゆえ自分を呼び出し、なんの話があるというのだ。疑問である。謎である。いやだ会いたくないと思っても拒むことはできない。

廊下を右へ左へと曲がる。茶坊主は「こちらでございます」「こちらへ」などと、角を曲がる度に無愛想な顔を向けてくる。

なにゆえ、こやつは機嫌の悪い顔をしておるのだ。

(そうか、心付けをわたしていないからか)

はたと気づいたが、懐に財布などはない。黙って機嫌の悪そうな茶坊主のあとにしたがっていった。

案内をされたのは、とある座敷の入側《いりがわ》である。入側は濡《ぬ》れ縁《えん》と座敷の間にある通路である。茶坊主はそこで待てと指図して立ち去った。

生意気な茶坊主だと思いつつ威儀を正して阿部忠秋を待つ。殿中は静かだ。人の話し声も聞こえてこない。足音もない。表から鳥の鳴き声が聞こえてくるぐらいだ。待たされて小半刻《こはんとき》がたったが、呼び出しをした阿部忠秋のやってくる気配はない。いったいどういうことだ。これはなにかの仕置きかと思いもする。だとすれば、何か粗相があったからだろうが、まったく身に覚えがない。

暇である。案内をしたのは茶坊主のくせに、茶の一杯も運んでこない。喉が渇いた。正座をして後ろに組んでいる足の親指をもじもじと動かす。時はいたずらに過ぎるだけで、待ち人はあらわれない。

しかし、畳を摺《す》る足袋《たび》の音が聞こえてきた。耳を澄まし、背筋を伸ばして待っていると、五十前後の血色のよい男があらわれた。阿部豊後守忠秋だった。

「隼人殿か？」

「いかにもさようでございまする」

宗政は平伏《ひれふ》した。忠秋は一間《けん》の空間を空けて座ると、楽にせよと言った。待たせた謝罪はなしだ。

「貴公に尋ねたい儀がある」

宗政は黙って忠秋を見返した。小柄で色白で明敏な目をしている。

「貴公の領内で大きな一揆《いっき》が起きたと耳にいたした。百姓どもが大勢蜂起したということであるが、治国《ちこく》の有り様はいかがなるや？」

忠秋は静かな目を向けてくる。口調は穏やかだ。

「さようなことは一切ございませぬ。いったいどこでさようなことを耳になさったのか、伺いたいほどでございます」

忠秋の片眉がぴくりと動いた。

「ならばただの風聞、あるいは噂《うわさ》だとおっしゃるか」

「そうに違いありませぬ。領国は平穏で百姓たちは土にまみれ汗を流しています。藩に対する不平も届いておりませぬ」

「まことに……」

「嘘は申しませぬ」

と、宗政は答えながらも、腹の底を探るような目を向けてくる忠秋のことを気味悪く思い、もしや自分の知らぬところで騒ぎがあったのかもしれないと、脇の下に汗をかいた。

「貴公の領地に平湯庄という村があるそうだが、昨年から今年にかけて、その村で騒ぎがあったと聞いておる。そのことについてはいかがだ？」

宗政ははっとなった。賊の襲撃に遭ったことが江戸表《おもて》に届いているのだ。しかし、それは一揆ではなく、村が襲われ百姓が犠牲になり、米蔵が荒らされたと話した。また、平湯庄警固のために設けた陣屋が襲われ、家臣が殺されたことも正直に伝えた。

「賊に襲われたとな……」

「正体はわかりませぬ。当家の目付はその賊の探索をつづけております。また、新たにあらわれるやもしれぬ賊への用心に陣屋を建て直し、警固を強くしております。もっとも城下はこの夏の大雨に祟《たた》られ、多くの田畑が水に浸《つ》かり、今年の米の収穫は望めませぬが、害を蒙《こうむ》った領民らには藩の米蔵を開け、またお救い小屋を建て、困窮している者たちへは見舞金を給してもいます」

「ほう」

忠秋は感心顔をした。

「もしご不審抱かれるのでございますれば、目付あるいは上使を遣わされ、とくとお調べになればよいのです。本郷隼人正、神かけて嘘は申しませぬ」

宗政は一片の曇りもない目で忠秋を凝視した。

「相わかった。詮議のうえあらためて沙汰いたそうぞ」

忠秋は話はそれで終わりだと言わんばかりに腰をあげようとした。

「お待ちくだされ。当家にとって根も葉もない噂の出所をご存じなら、お教え願えませぬか」

忠秋は短く宗政を見返し、思慮深い目になって答えた。

「角が立っては困るゆえ、それは言えぬ」

四

「それで殿はなんとお答えになりました」

膝を詰めて白い眉を動かすのは、江戸留守居の鈴木《すずき》阿波守《あわのかみ》権左衛門《ごんざえもん》だった。その隣にいる田中孫蔵《たなかまごぞう》は、緊張の面持ちで宗政を眺めていた。

そこは椿山《つばきやま》藩江戸屋敷で、宗政は帰邸するなり書院に二人を呼び、老中の阿部忠秋に問われたことを話したところだった。

「嘘をつくわけにはいかぬから、有り体に申したまでだ」

「なんとお答えになりました？」

孫蔵は黙っていた。自分が聞きたいことを権左衛門が問うからだ。

「有り体にだ。昨年から、平湯庄が賊の襲撃に遭ってきたことだ。この夏に水が出て領国に大きな被害が出たこともお伝えした」

宗政はいつになく深刻な顔をしている。そのことが孫蔵は心配だった。もしや、老中の阿部忠秋の忌避に触れるようなことを口にしなかっただろうかと。

「それで、ご老中はなんとおっしゃいました？」

「詮議のうえあらためて沙汰すると、さようにおっしゃった。わしは、神かけて嘘は言っておらぬと伝えた。不審なことあれば目付でも上使でも遣わして調べればよいと言ったまでだ。それでは具合がよくないか……」

宗政は孫蔵に不安げな目を向けてくる。孫蔵はその心中を推し量った。おそらく老中との問答に不備がなかったか、その確信が持てないのだ。

「殿は毅然《きぜん》と振る舞われたのですね」

孫蔵の言葉に宗政はうむとうなずいた。

「おそらく国許へ幕府の使者が向けられるでしょう。目付か上使かわかりませぬが、慌てることはありませぬ。当家には何の落ち度もないのですから」

「そうだ。落ち度など毫《ごう》もない。そうだな」

「いかにも」

「孫がそう言うならわしも安堵だ。阿波《あわ》、懸念することはあるまい」

宗政が自信を取り戻した顔を見て、孫蔵も安堵した。

「しかれど、いったい誰がそのような噂を流したのでございましょう。甚だ迷惑ではございませぬか」

権左衛門が言った。

「おう、そのことをわしは尋ねたのだ」

「何とおっしゃいました？」

「角が立つから言えぬと、ただそれだけだ」

「すると、殿がご存じの方がご老中の耳に入れたということでは……。何か心あたりはございませぬか」

ない、と宗政はかぶりを振る。

「誰が言いふらしたのか知らぬが、また何か沙汰があるだろう。それを待つしかない。調べたければ、存分に調べてもらえばよいのだ」

宗政は開き直った顔で言った。孫蔵はそれでよいと思う。宗政は豪気な男なので、深く気に病むことはないはずだ。

「されど、老中ににらまれたのはあまり感心できることではありませぬ。殿、潔白であってもしばらくは身をお慎みくだされ。殿中には人の足を掬《すく》う闇の部分がございます」

「殿中の闇とな……」

「江戸におりますればいろいろと醜聞も流れてまいります」

「ま、わしは何があろうと惑わされはせぬ。阿波、心遣い痛み入る」

宗政はそう言ったあとで、今日は肩が凝るほど疲れたと言って席を立った。

孫蔵もそのまま書院を下がるつもりだったが、廊下に出てふと思うことがあり、小姓の春《はる》之丞《のじよう》を呼んで宗政と再度書院にて向かい合った。

「何だ？」

宗政は大きな目をみはって見てくる。

「噂の出所がどこにあるのか、ひそかに探りを入れていますが、いましばらくお待ちくださいませ」

「急ぎはせぬが早いうちに芽は摘んでしまいたい」

「お気持ちはお察ししますが、もし、どこかの大名家だったらいかがされます？」

「ご老中にその旨を伝える」

「それで角が立つようなことになれば、いかがされます？」

「角が立とうが立つまいが、おのれに非はないのだ。相手の面目など考えておれるか」

「ま、さようでしょうが……その相手がご老中らを取り込んでいれば、少々厄介かと思うのです」

「そんなことなどかまっておれるか。ありもせぬ噂を流されて迷惑をしておるのだ」

「たしかに仰せのとおりですが、少し慎重な対応を考えなければなりませぬ。殿中には人の足を掬う闇の部分がある、と阿波守様もおっしゃいました」

「びくついておったら何もできぬわい」

「ともあれ、調べは進めておりますので少しお待ちください」

孫蔵はそのまま引き下がろうとしたが、すぐに呼び止められた。宗政がにたりと笑って、おぬしには気苦労をかけるなと、辰之助《たつのすけ》の顔になって言った。

「家臣の務めでございます」

「一献やるか。おぬしの真面目《まじめ》くさった顔を眺めておると、わしまで気が滅入《めい》りそうじゃ」

「いえ、殿は登城でお疲れでしょう。今夜は遠慮しておきます」

「つまらんのぉ」

宗政は不服そうな顔をしたが、孫蔵はそのまま家老部屋に下がった。

もう、日が落ちているので誰もいなかった。行灯《あんどん》のあかりに満たされている部屋は静かだ。いつもの席に腰を下ろした孫蔵はやれやれと、深いため息をついた。

国許が大変なのはわかっているが、江戸表での役目も大変だと実感する。帰国までこのまま何事もなく過ぎるのを祈るばかりである。

ところがそうならないのが世の習い。

本郷家にとってとんでもない事件が出来《しゅったい》したのだ。

五

事件は高輪にある中屋敷で起きた。藩士同士の喧嘩《けんか》である。

それはこういう経緯だった――。

中屋敷詰めの藩士、鈴木作兵衛《さくべえ》・田中八十七《やそしち》・山田市兵衛《やまだいちべえ》が、同じ屋敷内にある山口五右衛門《やまぐちごえもん》宅を訪ねた。酒盛りをしようという話であったのだが、五右衛門宅には田中小三郎《こさぶろう》という先客があった。

小三郎はみなと同じ御徒衆《おかちしゅう》だが、平徒《ひらかち》を差配する徒頭《かちがしら》だった。他の者より上位にあるので、日頃から威張っており、指図をするにも権柄《けんぺい》ずくで「これをやれ」「仕事が遅い」などと小言が少なくない。おまけに下の者たちを揶揄《やゆ》し、親兄弟を貶《けな》すなど口の悪い男だった。

当然、配下の者には慕われず、田中小三郎組は常からギクシャクしていた。五右衛門宅を訪ねた三人は、それでも楽しくやろうと酒を飲みはじめたが、例によって小三郎がちくちくと意地の悪いことを口にし、ついには三人を小馬鹿にした。

とくに山田市兵衛に対して、

「おぬしのようなのろまで頓馬にはあきれる。お役の集まりには遅れる。屋敷の手入れはいい加減。いつまでたっても性根が入らぬのは、おぬしの親のせいだろう。そういえば、おぬしの親父《おやじ》殿ものろまの頓馬だったらしいな」

と言ったものだから市兵衛も堪忍袋の緒を切り、

「小三郎殿、いくらなんでも言っていいことと悪いことがある。これまで堪《こら》えていたが、あんたは威張り腐って小言を言うだけの能しかないではないか」

と、反撃した。小三郎はへらへら笑いながら、

「図星を言われたから腹を立てるのだ。このたわけが」

と、罵った。

とたん、市兵衛は小三郎に飛びかかり取っ組み合いになったが、まわりの者が必死に止めてその場は難なく終わった。

後日、小三郎の物言いには問題があるので、鈴木作兵衛と田中八十七は五右衛門と談合して、田中小三郎に意見書を提出した。

もう少しお手柔らかにお願いしたいとか、頭ごなしの指図も少し考えてほしいなどといったことだ。

しかし、喧嘩相手だった山田市兵衛は、小三郎のことを腹に据えかねており、

「拙者をなじるだけなら我慢するが、親を小馬鹿にされては黙っておれぬ」

と、憤激し、仲のよい佐々木主税《ささきちから》の助太刀《すけだち》を受けて小三郎の長屋に討ち入って斬殺に及んだ。もっとも市兵衛も主税も抵抗されて手傷を負ったが、いずれも浅傷《あさで》だった。

その事件を知らされた田中孫蔵はじめ、他の家老らは青くなった。とくに留守居役の権左衛門は顔色を失って、

「これは由々しきこと。されど、表沙汰になったら一大事。いま当家はご老中らに目をつけられている手前、穏便に計らわないとお家取り潰しも大袈裟《おおげさ》ではない」

どうする、どうすると、騒ぎの処断を協議した。もちろん、藩主宗政にも報告しなければならないが、その前に家老らは最善策を考えなければならなかった。

集まったのは孫蔵に権左衛門、そして江戸家老の田中飛騨守八郎左衛門《ひだのかみはちろうざえもん》の三人だった。

「阿波様、ここでわたしらが慌てふためいてはよき考えは浮かびませぬ。落ち着いてよい知恵を出しあいましょう」

孫蔵は長身で鶴のように痩せている権左衛門を諭すように言った。権左衛門の柔和な細い目には心許ない焦燥の色が濃かった。

「まずは田中小三郎の長屋に押し入った山田市兵衛と佐々木主税をいかに裁くかでござろう。見張りをつけて屋敷長屋に押し込めてあるそうですが、そのままではすまされまい」

八郎左衛門が静かに言った。低音で甘い声なので、狼狽《ろうばい》気味の権左衛門はすがるような細い目を向ける。もっとも孫蔵も心中穏やかではないが、ここは冷静に知恵を絞らなければならぬと腕を組み、

「事の発端は山口五右衛門の長屋でございましたね。そこには鈴木作兵衛と田中八十七、そして山田市兵衛が同席していたと聞いています」

と、口を開いた。

「いかにもさようだ」

八郎左衛門が肉づきのよい黒い顔でうなずく。

「ならば、市兵衛をのぞいたその三人から詳しい話を聞くべきでございましょう」

「ごもっともでござる」

権左衛門が感心顔で、うんうんとうなずく。

「小三郎の長屋に討ち入った市兵衛と佐々木主税からも話は聞かなければなるまい」

八郎左衛門が言う。

「ごもっとも」

権左衛門が同意する。

「まずは五右衛門宅にいた、作兵衛と八十七、そして五右衛門から話を聞き、そのあとで市兵衛と佐々木主税の調べをするという段取りではいかがでしょう」

孫蔵は二人の家老を交互に眺めて言った。

「うむ、いちどきに多数から聞くより、分けて話を聞いたほうがよかろうな」

権左衛門が納得をした。ようやく普段の落ち着きを取り戻した顔になっていた。

「ならば早速にもその手はずをいたしましょう」

孫蔵が言えば、権左衛門も八郎左衛門もそうしようとうなずく。

早速、中屋敷に使いを走らせ、山口五右衛門・鈴木作兵衛・田中八十七を呼び出すことにした。

事件に関係した三人が上屋敷に来るまでの間、孫蔵たちは調べの結果、どのような処遇をすればよいかを話し合った。

小三郎を斬った市兵衛と佐々木主税は、中屋敷の長屋に留め置き監視をつけているが、理由がどうであれ犯した罪は償わなければならない。

死罪か切腹か、はたまた国許に送り返して逼塞《ひっそく》させたがよいか。表沙汰にならぬようにするには国許に送ったほうがよい。人の口に戸は立てられぬので、箝口令《かんこうれい》を敷くべきだなどなど。

「いずれの処断をするにも、殿のお指図を仰がなければならぬ。そのときは……」

いろいろ議論の末に、権左衛門が孫蔵に目を向けた。こういった損な役目はいつも孫蔵にまわってくる。しかし、もうあきらめている。誰もが孫蔵と宗政の親しさを知っているので、そうなるのだと。

日が暮れた頃に、中屋敷に行っていた使いの者が戻ってきた。応対に出た孫蔵は話を聞いて唖然《あぜん》となった。

「なに、逃げただと」

六

「はは、昨夜屋敷塀を乗り越えて逃げたよしにございます」

使いの者は玄関の式台に跪《ひざまず》いて報告した。

孫蔵はしばらく視線を彷徨《さまよ》わせた。逃げたのは山口五右衛門・鈴木作兵衛・田中八十七の三人だった。事件の発端となったとき、五右衛門の長屋で酒盛りをやっていた者たちだ。

「どこへ逃げたかわかっておらぬのか？」

孫蔵は使いの者に厳しい目を向けた。

「徒衆が手を尽くして捜しているそうでございますが、いまのところ見つかっていないそうで……」

使いの者は困惑顔で唇を噛んだ。

「ご苦労であった。このことかまえて他言ならぬ」

「悉皆《しつかい》承知つかまつりました」

孫蔵はすぐさま家老部屋にとって返した。

「阿波様、飛驒《ひだ》様、またもや大変なことが出来いたしました」

権左衛門と八郎左衛門が能面顔を向けてきた。

「呼び出そうとしていた三人が、昨夜中屋敷から逃げたそうでございます」

報告を受けた二人は「なにぃ」と、同時につぶやいた。

「中屋敷詰めの者たちが二人の行方を追っているそうですが、いまだ見つかっていないそうで……」

「それはいかぬ。目付に指図をして急ぎ捜させよう」

権左衛門はそう言うなりすっくと立ちあがり、目付を呼びつけると、直ちに中屋敷へ走り、逃げた三人を捜すよう指図した。

「三人がそのまいなくなれば事です。いつまでも殿に隠しておくことはできませぬが、いかがされます？」

孫蔵は胸を騒がせながら二人の家老を見た。

「今日明日にも三人が見つけられるなら、まずは話を聞いて吟味いたそう」

八郎左衛門が重苦しい口調で言えば、

「いや、事は重大だ。まずは殿にお伝えすべきではないか」

権左衛門が孫蔵を見てくる。孫蔵は考えた。あまり事を大袈裟にしたくない。かといって、いつまでも秘しておくわけにはいかない。孫蔵は忙しく考えた末に、

「明日の夕刻まで待ってみてはいかがでございましょう。目付の探索が加わったのです」

権左衛門と八郎左衛門は顔を見合わせて、それでよいだろうかと、孫蔵を見る。

「様子を見るのも肝要かと考えまするが……」

孫蔵が答えれば、二人の家老はしぶしぶと折れて、

「よし、明日の夕刻まで様子を見よう」

と、権左衛門が言った。

ところが、翌日の昼前に逃げた三人が中屋敷に戻ったという報告があった。孫蔵は即座に三人を上屋敷に出頭させて、二人の家老といっしょに、五右衛門宅で酒盛りをやってからの経緯を詳細に聞いた。

話を聞けば、非は市兵衛と佐々木主税に殺された田中小三郎にあるように思われた。

しかし、事件は江戸でのこと。しかも中屋敷の徒衆の居宅になっている長屋で起きている。内済できることではない。

「かくなるうえは、殿に上申し裁断を仰ぐしかあるまい。孫、この役目、そなたにまかせる」

権左衛門に言われた孫蔵は、またおれか、と内心で愚痴るが、断ることはできない。

孫蔵は重い腰をあげて宗政のいる書院を訪ねた。

「おお、孫か。入れ入れ、遠慮はいらぬ」

宗政の声といっしょに、きゃっきゃっとはしゃぐ長男千一郎《せんいちろう》の声が聞こえてきた。

入側から書院に膝行《しっこう》すると、宗政は千一郎と、竹で作った刀の玩具で斬り合いごっこをして遊んでいるのだった。

「うわー、斬られた。堪忍だ、堪忍だ」

宗政が胸を斬られたふりをして倒れると、千一郎は「やったりぃー！」と嬉《うれ》しそうに叫んだ。

「なにか用があるから来たのだろうが、なんの用だ？」

宗政が横に倒れたまま孫蔵を見てくる。

「大事なお話がございます」

「お父上、大事な話とな」

千一郎が茶化すように言って、楽にせよと生意気なことを言って孫蔵を見る。孫蔵はこの小生意気な小僧がと思うが、もちろん口にはできない。へらっと笑ってみせる。

「なんだ？」

宗政が起き上がって座り直した。

「若君の前ではちと差し障りがございます」

いつになく真剣な孫蔵の目つきに、なにかを感じ取ったらしく宗政は、

「千一郎、いい子だから奥に行っていなさい」

と、命じて人払いをした。千一郎がしぶしぶと書院を出ていくと、

「何かあったか？」

と、孫蔵に顔を向け直した。

「中屋敷で刃傷《にんじよう》がありました。徒衆の長屋にて一人が斬られ、二人が怪我《けが》をしました」

「なに」

宗政は眉根を寄せた。孫蔵は中屋敷から受けた報告の委細を話し、逃亡した三人が屋敷に戻り、その三人から話を聞いたことを詳《つまび》らかにした。

「いずれにせよ、放っておくわけにはまいりませぬが、当家は幕府老中に不審の目を向けられているさなか、事が表沙汰になればただではすまされませぬ。殿の御処断を仰ぎたく存じます」

宗政は真顔に戻って、もう一度話してくれと所望した。孫蔵は同じことを繰り返した。

「些細《ささい》な口論から刃傷に及ぶとは……」

宗政はあきれたように首を振った。

「内済できることではありませぬ。かといって江戸において厳しく処罰するのはいかがなものかと……」

「孫……」

宗政は厳しい顔つきで孫蔵を長々と眺めた。表で鳴く鵯《ひよどり》の甲高い声が聞こえてきた。

孫蔵は思案に耽《ふけ》る宗政を眺める。もともと貫禄のある男だが、神妙な顔つきを間近にするとやはりこの男は大名に相応《ふさわ》しいと、あらためて思わされる。それだけの威厳を備えているのだ。

「いかがいたしましょう?」

「怖《おそ》れるなかれ」

「は」

孫蔵は目をみはる。

「非は田中小三郎にあるようだが、江戸屋敷においての刃傷に目をつむるわけにはいかぬ。小三郎を斬った山田市兵衛と佐々木主税には切腹を命ずる。他の者は国に送り返し謹慎を命じる」

「詮議はなさらないので……」

「孫蔵、おぬしらが詮議したのであろう。同じことを繰り返すことはない。もはや吟味不要」

「切腹は江戸にて……」

「噂を気にいたすか。わしは小賢《こざか》しいことは嫌いじゃ。幕府への遠慮は無用。この件は椿山藩本郷家で起きたこと。幕府に口は出させぬ。口出しされたとしても、わしはがんと撥《は》ねつけて申し開く」

孫蔵は感動した。やはり、この男はただ者ではない。大名の血をしっかり受け継いでいるのだと思い知った。

「孫……」

「はい」

孫蔵は宗政の澄んだ瞳を見つめた。その目には苦悩の色が浮かんでいた。他人にはめったに見せることのない顔だ。

「苦労をかけるな。すまなんだ」

孫蔵は胸を熱くし思わず涙ぐみそうになり、深々と頭を下げた。

七

その日、宇佐美安綱は江戸上屋敷内にある炉之間にて政務をこなしていた。政務と言っても下からあがってくる書状や勘定目録に目を通すだけである。気になり、ため息を漏らすのは勘定目録である。いっこうに借金が減らぬどころか、月々増えている。

借金はまさに雪だるま式だ。日毎《ごと》月毎に水増しになっている。かといって返す目《め》処《ど》は立っていない。

秋は深まり風の冷たさが身にしみるようになっているが、借金の多寡を見るとまた背中に嘘寒いものを感じる。

炉之間にて政務をするのは、普段使う書院が寒いからであった。部屋の名の通り、そこには長い炉が切ってあり、五徳に置かれた鉄瓶から湯気が立ち昇っている。

障子越しの真昼の光が明るくなったり翳《かげ》ったりを繰り返していた。

安綱は文机《ふづくえ》に置いた書類から目鼻立ちの整った涼しい顔をあげて、小さく嘆息した。

そのとき、襖《ふすま》の向こうから声があった。廊下に控えている小姓のものだ。

「何用だ？」

「お留守居様がお見えになりました」

「通せ」

安綱が答えると、すうっと音もなく襖が開き、江戸留守居役の柏原相模守《さがみのかみ》千右衛門があらわれた。

「殿、国許より書状が届きました」

千右衛門は一礼ののち膝行して、届いたという書状をうやうやしく安綱にわたした。

差出人は城代を務めている国家老の妹尾与左衛門《せのおよざえもん》からだった。

封を切って読みはじめると、まずはじめに立神の里で暮らしていた助五郎一党の始末が終わったことが書かれていた。女子供は放免、助五郎以下の仲間はことごとく斬首したとある。もっとも、家老の鮫島軍兵衛と中老の西藤左門による入念な吟味の末の裁きで、すべてはその二人にまかせたとある。

（そういうことになったか……）

胸中でつぶやき、致し方ないだろうと、小さなため息を漏らす。助五郎は使い道があったので、惜しいことをしたと思いもする。されど、平湯庄襲撃の経緯はこれで闇のなかに葬られたという安堵の気持ちもある。

読み進めると、刈谷《かりや》村の開墾が終わり、来年には作物が穫《と》れる目鼻がつき、さらに他の村にも開墾地が見つかり、いまその作業をしているとある。

(なかなかよいではないか)

ふむふむと安綱は目を輝かせる。だが、期待している金山のことはなにも書かれていなかった。

(あやつら、いたずらに山に入っているだけで、新たな蔓《つる》を見つけられずにいるのか……)

気になることだ。

「これだけであるか……」

安綱は読み終えたあとで、達磨《だるま》顔の千右衛門を眺めた。歳《とし》のわりには髪が豊かで小じわも少ない。ただ髪には霜が散っている。

「なにが書かれているのかわかりませぬが、それだけでございます」

「さようか」

「なにかお気に召さぬことでも……」

「いや、国許では荒れ地を拓《ひら》くことができ、来年には作物が穫れそうだということだ。領内を検分し、開墾できる地を探した苦労が報われる。他にも開墾地があるそうだから、少しは国も潤うことになろう」

「それは楽しみでございます。ときに、殿にひとつご報告しなければならぬことがあります」

「なんだ？　あまり楽しくない話なら聞きとうないが……」

「かねてより相談を持ちかけておりました金策のことでございます。勘定奉行の吉《よし》原剛三郎《はらごうざぶろう》のもとに松井屋庄三郎《しょうざぶろう》から申し入れがあったそうでございます」

「松井屋から……」

安綱は眉宇をひそめた。

「先だっては五百両は融通すると申したそうですが、その非礼を詫《わ》び、四千両なら無担保で融資できると申してきたそうです」

「四千両……」

「おそらく能登屋《のとや》と玉木屋《たまきや》が五千両を、それぞれ融通することを知ったので慌てたのでございましょう」

能登屋は材木商で玉木屋は回漕《かいそう》業でのしあがっている商人だった。金の融通は安綱の出世を期待してのことだ。松井屋には金山のことは話してあるが、能登屋と玉木屋には伏せていた。

おそらく松井屋は乗り遅れては損だと、算盤《そろばん》をはじいたのだろう。

「都合一万四千両を調達できることになりました」

「なによりだ。されど、気に食わぬ」

千右衛門は白毛まじりの眉を動かした。

「剛三郎にこう伝えよ。松井屋に能登屋と玉木屋と同じように足並みを揃《そろ》えさせるよう掛け合えと。一千両上乗せするだけだ。相手が勘定高い商人だというのはわかっておるが、藩の台所を司《つかさど》る剛三郎なら駆け引きができよう」

「では、さように指図いたします」

「ところでご老中らとの面会がなかなかかなわぬが、いったいどうなっておる」

安綱は再三再四、千右衛門を介して、老中の松平信綱と阿部忠秋に、城下にて一席設けたいと申し込んでいる。だが、色よい返事がもらえぬばかりか、延ばし延ばしになっている。

「近々お返事があるかと思いますが、しつこくせっつくのはいかがなものかと考え、ここ半月ほど控えているところです」

安綱は鉄瓶の湯気を眺めた。たしかにしつこく食いつけば煙たがられ、迷惑顔をされるかもしれぬ。さりながら、登城した折に老中らと話をする機会はない。老中の屋敷に打診するしか方策はないので、千右衛門を頼りにしているのだった。老中や重職に就いている旗本への進物の取次は留守居役の役儀である。

「では、頃よいところでもう一度誘いをかけてくれぬか。どうしても相談したい儀があるのだ。そのための手土産《てみやげ》もはずもうではないか」

資金繰りの目処が立ったのでけちることはない。ここは大きな獲物を釣るために、大盤振る舞いも必要だと考える。

「ではその手配りを調えておきましょう」

「うむ」

千右衛門が去ると、安綱はおのれの将来と藩政に頭をめぐらした。まずは自分の出世であるが、いきなり老中職は望めぬ。そのことはよくわかっている。だが、その足がかりとなる京都所司代、あるいは大坂城代……。それが出世の道筋である。

（何とかせねばならぬ）

安綱は宙の一点を見据える。そうしながら国許のことを頭に浮かべた。魅力のある国とは決して言えぬが、それが自分の国である。開墾によって少しは先が見えてきた。さらに金山が見つかれば、国の安泰は約束されたも同然。そうなれば平湯庄奪還の策は捨ててもよい。

「ようは金山か……」

思わずつぶやきを漏らした。

そのとき、廊下から小姓の声がかかった。

「殿、国許より書簡が届きました」

安綱は眉宇をひそめた。先ほど国家老から書状が届いたばかりだ。家臣を介さずじかに書簡が来ることはめったにない。ないが、気になるからもってこいと命じた。

書簡を受け取ると、差出人が山奉行原崎惣左衛門だと知り、安綱は目を光らせた。

(ついに金山が見つかったか！)

そう期待をしながら封を切った。さっと書簡を開き、目を通すなり安綱はカッと目を見開き、唇を真一文字に引き結んだ。

第五章　疑　惑

一

椿山《つばきやま》藩中屋敷で起きた刃傷《にんじょう》沙汰と、それに伴う藩の処断は、大きく表沙汰にされることはなかった。そのことについて幕府からの注意や戒めもなかった。

また椿山藩領内で起きたという百姓一揆《いっき》について、幕府は巡視の使者を送ったのかもしれないが、その後本郷《ほんごう》家への沙汰はなかった。つまり、老中をはじめとした幕閣は、単なる噂《うわさ》だったのだと不問にしたのだと、留守居役をはじめとした江戸家老たちは胸を撫《な》で下ろした。むろん、宗政《むねまさ》もほっと安堵《あんど》の吐息をつかずにはおれなかった。

もう冬である。江戸城の紅葉は終わり、寒風が吹きすさぶようになった。富士山の雪化粧も際立ち、江戸の町を歩く者たちは誰もが綿入れを着込んでいた。

しかし、宗政は頑健なる体の持ち主なので寒さなどどこ吹く風よろしく、藩邸内にある武道場にて諸肌《もろはだ》脱いで木刀を振り汗を流す。

「えいっ、えいっ、えいっ、えー！」

気合い一閃《いっせん》、宗政の木刀が相手の脳天でぴたりと止まる。寸止めだ。

「ま、まいりました」

悲鳴じみた声を漏らして下がるのは、馬廻《うままわ》り衆のひとりだった。道場には二十人ほどの家来がいて、それぞれに稽古に励んでいる。ほとんどは徒組《かちぐみ》や馬廻り役の者たちだった。

「よし、つぎッ。誰かおらぬか」

宗政は木刀を下げて、つぎの稽古相手を捜す。体から湯気を立ち昇らせ、厚い胸板に汗を光らせていた。

「お願いいたします」

徒組の若い男が進み出てきた。中肉中背で眼光が鋭い。上背があり筋肉隆々の宗政の前に立っても臆したところがない。

「名は？」

「田中周《たなかしゆうぞう》造と申します」

宗政はまた田中かと内心でぼやく。とにかく田中という家来が多い。さっきの相手は鈴木《すずき》といった。そして他の者も、佐々木《ささき》や山口《やまぐち》、あるいは山田《やまだ》という苗字《みようじ》だ。これは重臣の家老たちも同じで、宗政は苗字ではなく名で覚えるよう努力しているが、家来の数が多いのでとても覚えきれるものではない。

「よし周造、かかってこい」

宗政が誘いかけて木刀を平青眼《ひらせいがん》にかまえたとたん、周造が突きを見舞ってきた。それも三段突きである。打ち払うか、擦りあげてかわそうとするが、連続技には抗しきれないので下がるしかない。

（こやつ、できるな）

木刀を構え直して、摺《す》り足《あし》で間合いを詰めてゆく。周造が右にまわる。互いに中段に取っている。

とんと、床を蹴って前に跳びながら袈裟懸《けさが》けに打ち込めば、周造はうまく受け止め、左へまわり込んで胴を抜きにくる。宗政は体をひねりながら木刀の棟で受けるなり、素速く逆胴を狙った。

周造は俊敏な動きで、その一撃を払い落として下がり、すぐに小手を狙って打ち込んでくる。宗政はさっと体を開いてかわし、同じく小手を狙って打ち込んだ。周造は鍔元《つばもと》で受けて下がる。

木刀と木刀が打ち合わさるたびに、カンと甲高い音が道場にひびく。

臍下《せいか》に力を込め間合いを詰めながら、今度こそ決めてやると、宗政は目力を強くする。周造も詰めてきた。右足で床を蹴り、また突きを見舞ってきた。同じ戦法は通用せぬとばかりに、宗政は体をひねって周造の木刀を払い落とし、即座に喉元に木刀の切っ先をつけた。

「あ……」

周造は呆気《あっけ》に取られた顔で目をまるくしていた。

「まいりました」

「いや、おぬしはなかなかの腕だ。精進せよ」

宗政は肩を激しく動かして荒い息を吐く。息は白い筒となった。したたる汗を手の甲でぬぐうと、今日はこの辺でやめようと稽古を終えた。

「皆の衆、そろそろ日が暮れる。この辺で終《しま》いにしよう」

宗政はそう告げると、道場の隅に控えている小姓《こしょう》の鈴木春之丞《はるのじょう》と田中右近《うこん》にうなずく。

春之丞と右近は阿吽《あうん》の呼吸でうなずき返し、機敏に動き、控えの中間《ちゅうげん》らに手伝わせ、前以《まえもつ》て用意していた酒樽《さかだる》とぐい呑《の》みを運んでくる。

また水桶《みずおけ》もあり、稽古で汗を流した者たちは、まずは水で喉の渇きを癒やし、それから各々柄杓《ひしゃく》でぐい呑みに酒を注《つ》ぐ。

宗政の振る舞い酒である。この楽しみがあるので、家臣らは稽古だと聞けば集まってくる。

「飲め飲め、遠慮はいらぬ」

上座にどっかと胡坐《あぐら》をかいて座る宗政は、ぐい呑みになみなみと注がれた酒をあおり、みんなに勧める。酒が進むと、家臣たちが剽軽《ひょうきん》な踊りを披露したり、下手《へた》な唄をだみ声で歌ったりする。

さっきまで道場にはかけ声や気合いの声が充満していたのに、あっという間に笑い声や囃《はや》し立てる声に変わる。

楽しい一時を過ごした宗政は、ほろ酔いで表御殿の書院に戻った。家老らからわたされた書類が文机《ふづくえ》の上に重ねてあるが、見る気はしない。それより、今夜は誰の居宅に行こうか、それとも孫蔵《まござう》を連れて城下に繰り出そうかと考える。

登城のない日は暇である。自由である。藩邸にこもっていても特段に面白いことはない。やんちゃ坊主の千一郎《せんいちろう》の相手をするのはいいが、それも少々飽きが来ている。正妻の凜《りん》は淡泊な女なので抱く気にもならない。奥女中にも気に入った者がいない。

（ああ、おたけ）

と、国許《くにもと》に残り、自分の帰りを待っているであろうおたけの、むちむちとした白い体が瞼《まぶた》の裏に浮かぶ。

おたけの体を妄想していると、春之丞が入側《いりがわ》から声をかけてきた。

「殿、孫蔵様がお見えになりました」

「おお、入れ入れ」

孫蔵が形式どおりの挨拶をして部屋に膝行《しっこう》してきた。孫蔵には「甲斐守《かいのかみ》」という官位はあるが、宗政が「孫蔵、孫蔵」と呼ぶので誰も官位で呼ばない。そのほうがわかりやすいからだ。

「お耳に入れなければならぬことがあります」

孫蔵は面《おもて》をあげるなり厳しい目を向けてきた。

「なんだ？」

「平湯庄《ひらゆしょう》の、例の噂の一件です」

二

「わかったか」

片膝を立て稽古着をだらしなく羽織っていた宗政は、あらたまったように座り直した。

「目付を使い探りを入れていましたが、たしかなことはわからぬままです」

「なんだ」

宗政は残念そうな顔をして、乗り出していた身を引いた。

「ただ、噂がどこから流されたのか、朧気《おぼろげ》ではありますがわかったことがあります」

「それは……」

「わたしは噂を立てたのは、奥平《おくだいら》藩宇佐美《うさみ》家ではないかと思い、目付らに宇佐美家のご家来衆に気を配れと申しておりました。されど、これだという証拠は出ずじまいです」

「ふむ。孫蔵、まわりくどい話はよい。わかりやすく話せ。おぬしは宇佐美家を疑っていたが、そうではなかった。さようであるか」

「いいえ」

孫蔵は小さく首を振ってあらましを話した。

江戸在府中の諸国大名家の家臣の多くは、江戸屋敷に住んでいるが、なかには屋敷内の住居が足らず、町中の長屋に住む者もいる。そのほとんどは下士である。

そして、在府中の者は非番になったり、その日の仕事を終えたりすれば、町に繰り出す者が多い。行き先は居酒屋や料理屋、あるいは岡場所である。

ことに低禄《ていろく》の下士は安い居酒屋や縄暖簾《なわのれん》に繰り出して酒盛りをする。そんな店には他の大名家の勤番侍も集まってくる。酒の勢いで仲良くなれば、お国自慢をしたり女房子供の話もすれば、他国の噂話もする。

孫蔵の放った目付はそんな飲み屋で話を聞きながら、噂の元がどこだったのかの探りを入れていった。

手間はかかったが、噂を流したのが南部《なんぶ》藩の勤番侍だというのが判明した。奥平藩とは遠く離れた国である。そんな国の者がなぜ、椿山藩の一件を知ることになったのかが不思議だった。椿山藩と南部藩の行き来はまったくない。

そこで目付は南部藩の誰が噂を立てたのかを探りあてた。沢田《さわだ》某《なにがし》という南部藩の下士だった。その沢田は、椿山藩で大きな百姓一揆があり、鎮圧に乗り出した本郷家の家来衆と三日三晩にわたり戦闘を繰り返し、ついには百五十人の百姓が捕らわれたり斬殺されたと藩内で噂を流した。

そのことが藩主の耳に入り、登城の折にそのことを他の大名連や表坊主らに話し、幕府重臣らの耳に入ることになった。

「すると、沢田という者が嘘《うそ》の作り事を言い触らしたということか。なにゆえ、そやつは当家にありもしないことを口にしたのだ」

「おっしゃるとおり。そこで目付は沢田に近づき、どこでそんな話を聞いたのだと問うたところ、行商で江戸にやって来た者から聞いたと申したそうです」

「行商が嘘を……」

「その行商人の正体はわかりませぬ。さりとて沢田はどこから来た行商で、何の商売をしているのかを聞いておりました。それが、奥平藩の隣藩今川《いまがわ》藩からの者で、金細工を商っていると申したそうです。そこで沢田がどんな金の細工物をしているかと問うと、相手が言葉を濁したので、からかって鼈甲《べっこう》にでも使うのかと言うと、そうだと答えたそうです。おかしくはありませんか？」

「ふむ、おかしいか……」

宗政にはぴんと来ない。

「鼈甲細工は、その名のとおり亀の甲羅を使った細工物で、金細工とはまったく違います。それにその行商は奥平藩と椿山藩にいい商売相手がいるので、始終出入りをしていると話したそうです」

宗政は太い眉を上下に動かした。

「金細工を商っている者はわが城下にはいないはずだ」

「いかにも。さような者はおりませぬ。それに今川藩に金があるという話も聞いたことはありません。すなわちその行商は偽者だったと考えてよいはず」

「ならば誰かの差し金だったと言うか」

孫蔵はまばたきもせずにうなずいた。

「殿、一学《いちがく》様の推量はあたっているかもしれません。もし、その行商が宇佐美家の使いの者であったならば……いや、そう考えてよいでしょう」

宗政は表情を厳しくした。

「宇佐美家は当家を陥れ、平湯庄を取り戻す奸策《かんさく》を練っている。その手はじめが平湯庄襲撃だった。そして、その騒ぎを種に、宇佐美家にはまったく関わりのない方法で、ありもしない噂を流した」

「されど、目論見《もくろみ》どおりにはならなかった」

孫蔵は否定するように、ゆっくりかぶりを振る。

「相手は狸腹《たぬきばら》、つぎにどんな手を打ってくるかわかりません。それに、目付の調べによりますと、宇佐美家の江戸留守居役が、御側用人《おそばようにん》の堀田加賀守《ほったかがのかみ》様と、老中阿《あ》部豊後守《べぶんごのかみ》様のお屋敷に足繁《あししげ》く出入りしていると申します。そのお二方は将軍家光《いえみつ》公の側近中の側近。油断はできませぬ」

「まさか宇佐美左近《さこん》が当家を貶《おとし》めるために、老中らを抱き込んでいると……」

「その真偽はわかりませぬが、もし老中を懐柔すれば、あとは家光公の匙《さじ》加減ひとつ……」

孫蔵は言葉を切って、ひたと視線を向けてくる。

「どういうことだ？」

「もし、家光公が平湯庄を元に復すと下知《げち》されれば、当家はそれに従うしかないということです」

「まさか、そんなことが……」

宗政はにわかには信じられぬ思いで、宙の一点を長々と凝視した。

三

安綱《やすつな》の機嫌はよくなかった。

国許の開墾はうまくいっている。豪商からの借り受けの金も目処《めど》が立った。千《せん》右衛門《えもん》のはたらきで老中阿部忠秋《ただあき》、側用人の堀田正盛《まさもり》との面談も近々かなうことになった。

されど、金山はなかった——。

期待していただけに、その衝撃は大きく、ひどく落胆した。山奉行の原崎惣左衛《はらさきそうざえ》門《もん》と山師の石崎梅蔵《いしざきうめぞう》らは蔓《つる》（鉱脈）を見つけはしたが、結果的に大きな蔓は奥平藩領に属する仙間山《せんげんやま》にはなかったのだ。なんと、山の北側にあったのだ。

つまり、金山は白羽藩《しらばね》竹沼《たけぬま》家の領地にあったのだ。原崎惣左衛門からの書簡を読んだときの衝撃はいまだに尾を引いていた。

金山をわがものにしたいという思いはあるが、竹沼家領内に手を出すことはできない。安綱はそれでも思案をめぐらし、竹沼家と手を組めないだろうかと考えた。

されど、金山開発には人手と相応の金がかかる。

また、竹沼家が自国領内に金山があると知れば、宇佐美家の協力を拒むのは必至であろう。

安綱は逆の立場になったときのことを考えた。もし、自国の山に金山があると、他藩から教えられたら、おそらく相応の謝礼ですますだろう。だから、このことは竹沼家には教えていない。

あてにしていた金山のことをすっかりあきらめたのは、師走《しわす》に入ってからだった。江戸にいる家老らを集めて評定《ひょうじょう》を開いたのはそんな頃だった。

表御殿広間に集めたのは、留守居役（家老兼務）の柏原《かしわばら》千右衛門、江戸家老の氏家勇四郎《うじいえゆうしろう》・同じく森本洋之輔《もりもとようのすけ》、そして勘定奉行の吉原剛三郎《よしはらごうざぶろう》。

一同が集まると、安綱は領内の開墾が進み、富国の策が徐々に進んでいることを話し、江戸の豪商らと折衝して当座の資金繰りがうまく運んだことを報告した。

「それは大名貸でございましょうか？」

話の腰を折ったのは森本洋之輔だった。ふくよかな顔に垂れ眉と団子鼻。迫力に欠ける面立《おもだ》ちだが、機転の利く切れ者だ。まだ三十二と若い家老である。

安綱は一瞬むっとしたが、気持ちを抑えた。家臣の話に耳を傾けず、意見する者を嫌えば、「道を誤ること多し」という父高綱《たかつな》の教えを思い出したのだ。安綱は静かな眼差《まなざ》しを豪商らと掛け合った吉原剛三郎に向けた。

「いかにも大名貸でございまする。相手は越前《えちぜん》の材木商能登屋《のとや》、江戸で回漕業でのしあがった玉木屋《たまきや》、そして両替商の松井屋《まついや》は四千両までならよいとしぶりましたが、掛け合いの末に一千両を上乗せしてくれました。畢竟《ひっきょう》、各々五千両を用立ててもらうことになっております。月の金利は八朱が相場でありますが、五朱に引き下げ、扶持《ふち》米三千石を各々の商人に給することになります。帳尻はそれでなんとか間に合い、蔵物が売れ次第弁済することになりますが、藩財政に当面の支障はございませぬ」

勘定奉行の吉原剛三郎がよどみなく説明したのに、洋之輔は納得したようにうなずいた。

「出羽《でわ》、よいか」

安綱は洋之輔を見て言った。彼の官位は出羽守である。洋之輔が承知したとうなずくと、安綱は金山開発を目論んでいたが、それはあてが外れて、蔓はわが領内にないことがわかったと、苦々しい顔で報告した。

「まことに残念至極」

苦渋の色をあらわにしたが、隣藩領内にあることは教えても詮無いことなので伏せた。

「ともあれ、予は国を富ませなければならぬ。開墾は進んでいるが、それではまだ十分とは言えぬ。そこでひとつ……」

安綱は短い間を置いた。一同、じっとつぎの言葉を待つ。

「わが父が、隣藩である椿山藩本郷家へ明けわたした領地がある。お上《かみ》のお指図にしたがってのことではあったが、予はその地を取り戻したい。その算段がないか、そのほうらの知恵を借りたい」

安綱は本題を切り出した。一同、互いの顔を見比べた。

「それは、本郷家へ領地わけした平湯庄でございましょうか？」

問うたのは氏家勇四郎だった。

「さようだ」

「しかし、あの地はもう本郷家のもので、これから返してくれと言うのには無理がございます。それに、平湯庄は荒れ地だと聞いています」

「おぬしはその目で平湯庄を見たことがあるか。予はいまの平湯庄がどうなっているか、この目でとくと見てきた。昔は荒れ地だったかもしれぬが、いまは豊かな土地に変わっている」

「まことに……」

勇四郎は信じられないというように目をまたたいた。

「嘘ではない。本郷家の先代が開墾に成功したのだ。されど、平湯庄は当家の領地であった。それは揺るぎないまことのことだ。お上のお達しがあったから、わが父はいともあっさりと手放したが、予はその地がなんとしてもほしい。もし、取り返すことができれば、国は必ずや富むであろう。領民の暮らしもいまよりよくなる」

「領地を取り戻すためには上様《うえさま》のお許しを得なければなりませぬ」

「重々承知しておる」

「すると当家の言い条を聞いてくださるよう、上様を口説かなければなりませぬな」

「どうやったら口説ける？」

安綱は勇四郎から洋之輔に視線を移し、そして千右衛門を眺めた。

「それ相応の道理を通す他ありますまい」

洋之輔だった。

「いかにしたら道理を通せる？」

安綱は静かな眼差しを洋之輔に向ける。

「それがしなら、まずは上様に近い老中と御側用人に正しき道理を立てるでしょう」

安綱はきらっと目を光らせた。やはり、洋之輔は知恵者だ。

「正しき道理とはなんぞや？」

「おそらく、彼《か》の地が当家のものだったということでしょう。平湯庄を手放したのは、台徳院《たいとくいん》（秀忠《ひでただ》）様の時代。いまは家光公の世でございます。その上様を説き伏せるだけのものがなければなりませぬ」

「それはなんぞや？」

洋之輔は短く考えたのちに口を開いた。

「もし、本郷家に無理非道の行いがあれば、当家の道理はとおりましょう。例えば本郷家にお家騒動があるとか……」

「お家騒動であるか」

つぶやく安綱はそういうことがないだろうかと考えた。そうであれば手っ取り早い話であるが、さてどうであろうか……。

「されど、本郷家になんの落ち度もなければ難しい話でござるな」

氏家勇四郎が難しい顔でうなるようにつぶやいた。しかし、安綱の考えはこのときに決まった。ある秘策を思いついたのだ。

四

十一月の登城日もそうであったが、このところ家光が姿を見せるのは朔日《ついたち》のみで、あとは世継ぎの家綱《いえつな》が代わりに役目を果たしていた。家綱はまだ十歳の子供だから式次第は短く終わる。

家綱が代行するのは、家光の健康状態が優れないからだった。大老・老中・側用人などの幕府重役は、家光の健康状態については触れないが、それは奥医師とつながりのある藩医からそれとなく漏れ聞こえてくる。

家光は脚気《かっけ》を患っており、その症状に改善の兆しがないということだった。心配ではあるが、腕のいい御殿医がそばにいるのでいずれ健康になるだろうと、誰もが楽観していた。

しかし、十二月十五日の月次《つきなみ》登城日には家光が姿をあらわしたので、諸国大名たちはほっと胸を撫で下ろした。

安綱は登城のたびに我知らず本郷宗政を捜している自分に気づいた。もっとも控え席が違うので、姿を見ることはなかった。ただ、一度だけ顔を合わせたときのことは忘れていない。

あれは九月の月次行事で登城したときのことだった。家光の謁見が終わったあと、安綱が広間を出て大廊下を歩いていると、本郷宗政を呼ぶ茶坊主の声がした。声に気づいた宗政が立ち止まって振り返ったとき、安綱はすぐそばにいた。なかなかの偉丈夫だと思ったが、どこか気の抜けた顔をしていた。

あのとき、安綱は「貴殿が……」と、思わずつぶやいた。それに、宗政は「はあ」と、呆《ほう》けたような顔を向けてきた。

安綱は、こいつはうつけではないかと思った。されど、気になる。気になるから、登城のたびに我知らず宗政を捜す自分がいた。

その日もそうだったが、宗政の姿を見ることはなかった。

（なにをおれはあんなうつけ大名を気にするのだ）

と、安綱は苦笑するのだが、平湯庄を取り戻すためには、あのうつけと一度は面と向かって話をしなければならない。そのときにはひれ伏させてやりたいと思う。

下城して上屋敷に戻った安綱は、政務の場に使っている書院に入ると、留守居役の千右衛門を呼んだ。

「老中豊後守殿との面談は二日後であったな」

「さようでございます」

「それでまだ国許からの沙汰はないか？」

安綱は椿山藩を内偵するよう指図していた。椿山藩領の給地で本郷宗政の家来である給人が、不正をはたらいていたということを耳にしていた。その始末がどうなったかを調べるためである。

また、椿山藩内で不正作物の栽培が行われていないか、それを調べてもいた。幕府は「田畑勝手作《でんぱたかつてづくり》禁令《のきんれい》」を出している。米作の田畑で木綿・煙草《たばこ》・茶・漆・藍・菜種などの栽培は禁止されている。その禁令に違約がないかどうかも調べていた。

「いまだ知らせは来ておりませぬ。何分にも隣国のこと、調べは慎重に行わなければなりませぬから手間取っているのでございましょう」

「さもありなん」

調べの結果がわかっていれば、老中との面談の折に話ができると思ったのだが、いずれにせよそれは調べの結果次第である。

「ご進物は整えておろうな」

「ご心配には及びませぬ。豊後守様の好まれるものを揃《そろ》えてあります。きっとお気に召すはずです」

千右衛門は老中阿部忠秋の趣味嗜好品《しこうひん》を調べ、それに合わせたものを調達している。大名が将軍になにかを嘆願しようとしても直接にはできない。まずは江戸留守居役が老中に相談を持ちかけ、その指図を受けてから上奏となる。その際も大名ではなく老中が行う。その根まわしはすべて江戸留守居役の仕事である。

「それからお伝えすることがございます」

「なんじゃ？」

「御側御用人の堀田加賀様との面談も相調《あい》いました。時日は三日後になりますが、殿のご都合次第で日延べはできます。さように取り計らっております」

さすが頼れる留守居である。

「いや、三日後でかまわぬ。よきに計らえ」

機嫌よく答えた安綱は、これでいよいよ出世の道が拓《ひら》けてきたと内心でほくそ笑む。

「では追ってお知らせいたします」

「うむ、相模《さがみ》。大儀である」

安綱がねぎらうと、千右衛門はそのまま下がった。

老中阿部豊後守忠秋との面談は、馬場先《ばばさき》御門内にある阿部家上屋敷にて行われた。表御殿に通された安綱はそつのない挨拶をすると、献上の品々を贈り、それから用談に入った。献上品は小袖十、羅紗《らしゃ》二十間《けん》、綿二百把《わ》、それに利休茶碗《りきゅうぢゃわん》と京の名匠が拵《こしら》えた扇子、来国光《らいくにみつ》の小刀であった。利休茶碗と扇子は忠秋の好みにぴったりらしく、目を輝かせて喜んでくれた。

気をよくした忠秋は、短い世間話をしてから安綱の領国について尋ねた。安綱は荒れ地の開墾をし百姓らの収穫を上げる農政がうまくいっていること、山林業を拡充させていることなどを話した。

「ご難もあろうが、国の主《あるじ》となれば気の休まることがないのは、身共《みども》も同じであるが貴殿も大変であるな」

小柄で色白の忠秋は目を細めてねぎらう。穏やかな口調は聞き心地がよく、忠秋が気をゆるめていると安綱は察した。ここで平湯庄のことを持ち出すべきかどうかを思案しながら話を進める。

しかし、平湯庄の話を持ち出すきっかけは作ることができなかった。その代わり、

「国許は山奥にございますゆえ、いかにして国を富ませるべきか、そのことが頭か

ら離れませぬ。また、いかにすればご公儀のお役に立てるだろうかと、常々考えておりまするが、豊後様のおはたらきには頭が下がります。やはり、豊後様を見習わなければ、この身も立たぬと感服している次第です」

「なになに、予はさほどの者ではない。伊豆《いず》殿の助《すけ》をしているだけだ。政《まつりごと》の差配は伊豆殿が一枚も二枚も上手《うわて》であるからな」

謙遜する忠秋の言う伊豆殿とは、松平伊豆守信綱《まつだいらいずのかみのぶつな》のことだ。智恵《ちえ》伊豆で知られる人物だが、忠秋の補佐があるから評価が高いというのを、安綱は承知している。

「身共は豊後様や伊豆様の足許にも及ばぬ若造ではありますが、いずれは見習って少しでも近づきとうございます」

忠秋は「ほう」と、少し目をみはった。

「すると、そなたはいずれ幕政にかかずらわってみたいとお考えであるか」

「容易《たやす》くはないでございましょうが……」

「いやいや、それは時宜次第であろう」

「わたしにもめぐってきましょうか？」

「ないとは言えぬ」

安綱は胸を騒がせ、目を輝かせる。しかし、ここで大坂城代や京都所司代などの

出世街道を口にすれば、胸底を見破られそうだから片頰に笑みを浮かべただけで、

「時宜がめぐってきたとしても、わたしに務められるかどうか……」

と、言葉を切った。自信がないと言えば、評価が下がる。かといって是非にも上様の側近につきたいとも言えぬから、自嘲の笑みを浮かべただけで誤魔化した。

しかし、忠秋の心証をよくしたという感触はあった。

忠秋との面談を終えて自邸に戻った安綱に、国許から書状が届いていた。城代家老の妹尾与左衛門《せのおよざえもん》からだった。

書状を読み進めるうちに、安綱の面上に喜色が浮かんだ。

(おれにも時宜がめぐってきそうだ)

内心でつぶやかずにはおれなかった。

五

翌日、安綱は御側用人の堀田加賀守正盛の屋敷を訪ねた。

正盛は小姓から這《は》い上がってきた叩《たた》きあげの大名である。それも異例の出世であった。十八で一万石の譜代《ふだい》大名に列し、二十五で二万五千石の城主格、二十七で老

中に就任し武蔵川越《むさしかわごえ》藩の藩主に、三十のときに大政参与となり信濃松本《しなのまつもと》藩十万石の城主、そして三十四で下総佐倉《しもうささくら》藩十一万石の大名となった。

御側用人としていまも幕政の中心にい、家光の側近中の側近と言われる人物だ。

正盛はふくよかな顔をした恰幅《かっぷく》のある男だった。

相手は叩きあげの大名だけに御しにくいだろうと、安綱は警戒心を強くしていたが、案に相違して気さくな男だった。

「わざわざ足を運んでいただき痛み入る。まあ楽になさるがよい」

正盛は対面するなり柔和な笑みを向けてきた。話し上手で世間の噂話をすれば、安綱の父高綱のことも口の端に上らせた。

「加賀様がわが父をご存じだとは意外なことです」

「意外でもなんでもない。まだわたしは幼かったが、よく可愛《かわい》がってもらった覚えがある。子供ながら立派な武人だと思っていた」

「戦国の世を生き抜いてきた男だったので、勇ましいだけが取り得だったと思います。国の政が下手で、わたしはそのつけを払わされて苦労のしどおしです」

安綱が苦笑いをすれば、

「そういう方だとは思わなかったが、苦労されていらっしゃるか」

と、同情するようなことを正盛は口にする。

「借財もございまする。そのうえ国が狭くなったので苦労は絶えませぬ」

「そういえば、左近殿の国は領地わけをしたのであったな」

安綱が水を向けるまでもなく、正盛が領地わけの件を口にした。ここで遠慮しては損である。安綱は昨日国許から届いた書状の内容を頭に浮かべると、それをうまく咀嚼《そしやく》して話すことにした。

「平湯庄という地でございます。まあ城下から遠い地であり、荒れ野であったので気前よく領地わけに応じたのでしょう」

「どこの国にその領地は行ったのでござったかな」

「椿山藩本郷家でございます」

安綱はその領地わけには関心がないという顔をよそおった。しかし、正盛は興味を示したように眉をひそめた。

「百姓らが蜂起したという噂の流れていた、あの椿山藩本郷家であったか」

「そんな噂があったのでございますか」

安綱は白ばっくれて目をしばたたく。

「うむ。まあ調べたところさほど拘《こだわ》るようなことではなかったが……」

安綱はここだと思い、やんわりと口を開いた。

「その噂は聞いておりませぬが、他の噂なら耳にしています」

「ほう、それは……」

正盛は関心を示す。

「他家の悪口になるやもしれぬので、言いにくいことでございます」

「かまわぬので申してくれ」

「その、本郷家の給地で家臣が不正をはたらいていたとか、領民らが禁令を破って茶や藍、菜種などを栽培しているらしいとさようなことを聞いております。いえ、これはここだけの話でございますゆえ……」

「それは田畑勝手作のことであろうか」

「さようです。また、百姓らは田や畑を手放しているとも、さようなことを……」

正盛は眉間にしわを彫った。百姓が自分の土地を売却することは禁じられている。これも田畑勝手作禁令と同じく、家光が法令化した「田畑永代《えいたい》売買禁令」に反することだ。

「いずれも上様がお定めになった禁令である。いまの話が事実であるならば捨て置けぬことだ」

「加賀様、わたしがこの目で見たわけではありませぬ。ただ、椿山藩は隣の国なのでさような噂が耳に入ってきただけに過ぎませぬ」

安綱は柔和な笑みを口の端に浮かべるが、正盛が問題視するのは間違いないと読んだ。大きく取り沙汰されれば、平湯庄を取り戻せるかもしれない。

だが、そのことに深く立ち入らずに、その日は正盛の屋敷を出た。むろん、つぎの面談の約束をぬかりなく取り付けてのことだ。

表には木枯らしが吹いていた。凍《い》てつくような風は肌を刺してきたが、安綱はその寒さなど感じなかった。駕籠《かご》の御簾《みす》を開けてわざと風を受け入れ、城下の景色をしてやったりの顔で眺めていた。

椿山藩で禁令破りが行われていることは、国許からの書状でわかっていた。そのことを堀田正盛は見捨ててはおかないはずだ。必ずや問題視される。

そして、椿山藩の禁令破りがはっきりとわかれば、平湯庄奪還の策は成功する。金山開発が頓挫したいま、頼りは幕閣の判断だ。

「相模……」

安綱は駕籠のそばについている千右衛門に声をかけた。

「来年はよい年になりそうだ」

「そうなることを祈らずにはいられませぬ」

「きっとなろう」

安綱は機嫌よく応じ、真冬の光を照り返す堀の水面《みなも》に視線を投じた。

六

宗政は退屈な日々を送っていた。それというのも、孫蔵をはじめ江戸留守居の鈴木権左衛門《ごんざえもん》や田中八郎左衛門《はちろうざえもん》が神経質になり、奥平藩宇佐美家の動きを警戒し、「慎まれよ」「慎んでくだされ」と口うるさく言うからだった。

だが、じっとしておれぬ宗政は日が暮れると、こっそり表御殿を抜け出し、家臣の住む長屋を訪ね歩き酒盛りをしていた。ときにその家臣の長屋に泊まり込んで朝帰りすることさえあった。

長屋と言っても下士に与えられた九尺二間の長屋ではない。上士の長屋はそこそこの広さがあり、寝所や居間の他に客間なども設けられている。家老職の長屋はさらに広く、妻子や中間・小者の他に抱えの若党（侍）の部屋もある。

宗政は酒樽を提げてそんな家臣の住居を訪ねては、乱痴気騒ぎをするという夜遊びを繰り返していた。

孫蔵には再三窘《たしな》められたが、その孫蔵の住居に押しかけることもあった。これには藩重臣らも手を焼きはしたが、まあ屋敷内のことであるし、市中で羽目を外すよりはよいだろうと、この頃はあきらめていた。

しかし、宗政は物足りない。市中の料理屋へ行って芸者や太鼓持ちをそばに侍《はべ》らせ、心ゆくまで楽しみたいと思う欲望を抑えるのに必死だ。

「これでは江戸屋敷に閉じ込められているようなものではないか。つまらぬ。たまには町へ繰り出して酒を飲むぐらいよいではないか。なにも乱暴狼藉《ろうぜき》をはたらくわけではないのだ」

ことあるごとに宗政は不満を口にした。

「いましばらくご辛抱くだされませ」

拝むように頼み込むのは八郎左衛門だった。聞き分けのないことを言うと、決まって孫蔵が出てきて、奥の部屋に連れ込み説教をする。

「辰之助《たつのすけ》、いい加減にせぬか。まるで駄々をこねる子供だぞ」

孫蔵は近くに人がいないと、子供時分の言葉を使って諫言《かんげん》する。

「ああ、わかったわかった。おとなしくしておればよいのだろう。だから江戸は嫌いなのだ。早《はよ》う国に帰りたいものだ」

宗政はしぶしぶと承諾し、我慢するしかない。

そんな暮れも押し迫ったある日のことだった。宗政の許に留守居役の権左衛門が青い顔でやってきた。

「殿、何か粗相はしておられませぬな」

「粗相、わしがか……。何もしておらぬ。おぬしらがそのことはよく知っておろうに」

宗政は火鉢の上に網を載せ、搗《つ》きたての餅を焼いていた。それも片膝を立て、羽織を脱ぎ捨て、襷《たすき》をかけていた。およそ、政務の場である書院にあるまじき行いだ。だが、言ってもわからぬから権左衛門は目をつむる。

「おお、いい色に焦げてきた。この匂いがよいのだ。それで、何かあったか？」

宗政は網の上の餅をひっくり返して、権左衛門を見る。

「堀田加賀様から呼び出しがあったのです」

「堀田加賀……誰であったか？」

「上様ともっとも親しくされている御側用人の堀田加賀守様ですよ。折り入って聞きたいことがあるので、役宅に来てくれと言われているのです」

「ならば行ってくればよいではないか。わしは何も粗相はしておらぬ。隠し事もない」

「そうでしょうが、この忙しい師走に呼び出しを受けるのはただ事ではないと思うのです」

「ただ事であろうがなかろうが、呼ばれたのなら行くしかないだろう。行ってこい、行ってこい」

宗政はまったく気にする様子もなく、焼けた焼けたと餅を掌《てのひら》で転がして口に入れ、あっちっちと口から餅をこぼした。

「では、お話を伺ってまいります」

権左衛門は恨みがましそうな目を向けて書院を出ていった。

そして、その日の夕刻、権左衛門が孫蔵といっしょに書院に戻ってきた。

「殿、一大事でございまする」

開口一番、権左衛門が固い表情で言った。

「何が一大事だ」

「国許で掟《おきて》破《やぶ》りの疑いがあると言われたそうです」

孫蔵が答えた。

「掟破り。なんじゃそりゃ」

「領国の百姓が田畑に禁令の作物を栽培している疑いがある。また、田畑を売り買いしている百姓がいると、さようなことを言われたのです」

「それがよくないのか。おのれの田や畑に作物を植えるのは勝手であろう」

「勝手は許されないのです」

孫蔵が一膝進めて、「田畑勝手作禁令」と「田畑永代売買禁令」の説明をした。

「ほう、そんな掟があったか」

宗政が呑気《のんき》な顔で言えば、孫蔵は目を厳しくしてにらむように見てくる。

「いずれも上様がお決めになった掟、それを破っていれば殿の藩政に落ち度があったということになります。目配りが行き届いていないということに……」

「まずいか」

「非常によくないことです」

孫蔵は苦り切った顔で言う。

「ならばどうすればよいのだ？」

宗政は二人の家老を交互に眺める。

「国許には事の真偽をたしかめるための書状を送ってあります。早ければ四日後には返答があるかと思います」

　権左衛門が答えた。

「では、その返書を読めばわかることだ。もし、わしが呼ばれたとしても申し開きはそのあとでよいだろう」

「明日は登城日でございまするよ」

「ああ、そうであったか」

　宗政は宙の一点を眺め、面倒くさいのぉと、内心でぼやく。

「もし、明日、堀田加賀様からこのことを問われたら何と答えられます。知らぬ存ぜぬではすまぬことです。藩政に怠りあるという烙印《らくいん》を押されたらいかがなさいます」

「何と答えればよい？」

　宗政にはその回答がすぐに浮かばない。孫蔵も権左衛門も黙り込んだ。だが、しばらくして孫蔵がゆっくり面をあげて宗政を見た。

「今日の明日では国許の仔細《しさい》はわからぬこと。急ぎ調べると言う他ありますまい」

「では、さように答えよう」

「されど、そのことがどこで御側用人様の耳に入ったかです。幕府目付が調べたのか、あるいは他国大名家から密通されたか……」

孫蔵は視線を逸《そ》らさず宗政を凝視する。

宗政も孫蔵を見つめ返して考えた。だが、孫蔵の疑問には答えられない。

「よし、腹を括《くく》った」

宗政はむんと口を引き結んだあとで、言葉を足した。

「禁令破りがあったとしても、それはわしの責任だ。わしが咎《とが》を受ける。もし、明日の登城で呼び出しがあったとしても、正直に申し述べるしかない」

七

その日の登城の際、孫蔵は駕籠のそばについて離れなかった。そして、駕籠の外からさかんに声をかけてくる。

「いかほどの調べがなされていようと、殿は堂々と胸を張ってお答えくだされ」

「うむ」

宗政は駕籠のなかでうなずく。

「殿ご自身に落ち度はございませぬ。落ち度があるとすれば、それは家臣のせいです」

「家臣を宰領するのはわしの務めだ」

「よくおわかりになっています。さりとて、目の届かぬこともあります。もしそのあたりをつつかれましたら、素直にあらため身を引き締める旨をお話しくだされ」

「わかった、わかった。孫、もうよいから下がれ」

「上様への忠義立ては怠っていないことをしっかりと……」

「下がれッ」

あまりにもうるさいので、宗政はつい声を荒らげた。

やがて大手門前についたらしく、周囲の足音とざわめきが小さくなった。宗政はそのまま駕籠で大手門をくぐるのだが、孫蔵の声が追いかけてきた。

「小心翼々、行っておいでなされませ」

宗政は駕籠のなかでうなずく。この場合の小心翼々は、気の小さいという意味ではなく、よくよく気を配り、慎み深くあれということだ。宗政もそのぐらいのことは心得ている。

供をするのは、供頭《ともがしら》と刀番の侍三人・陸尺《ろくしゃく》（駕籠舁《か》き）四人・草履取り一人・挟箱持《はさみばこもち》一人だ。だが、三之門《さんのもん》前の下城橋《げじょうばし》で駕籠から降り、陸尺を置き去りにし、

あとは徒歩《かち》である。そのまま中之門まで進むと、挟箱持をその場に待たせ中雀門《ちゅうじゃくもん》
から本丸御殿に向かい、玄関から先は一人になる。
(天気がよいな)
刀を刀番に預けて空を仰いだ。早く終わってさっさと帰りたいと思う。何事もな
いことを祈るような気持ちだ。そのまま例によって御殿に入り、詰所で待った。
ほどなくして表坊主の案内で大広間に進む。宗政は末席の末席だ。将軍の顔など
見えない。まあ、顔をあげることができぬのでどのみち見られない。見えるのは前
に座しているどこぞの大名の尻だけだ。屁《へ》をこくなよ、と宗政は胸のうちでつぶや
く。
式次第は順々に進んでゆく。この日は将軍代行の世嗣《よつぎ》家綱でなく、家光が出てき
た。体の具合がよくなったのだろう。家老や大老などの話し声がするが、宗政はそ
のほとんどを聞いていない。右の耳から左の耳に素通りする。家光の声を拾ったが、
それもごく短いものだった。
「それは重畳《ちょうじょう》」
それだけだ。やがてすべてが終わり、家光が退出して散会となった。やれやれだ
と思い、玄関に向かう。何事もなかったと、胸を撫で下ろす。ところが、廊下を少

し進んだところで、表坊主の声が聞こえてきた。

「本郷隼人正《はやとのかみ》殿、本郷隼人正殿……」

宗政は逞《たくま》しい肩をびくっと動かして立ち止まった。くそ、また茶坊主が、と内心で吐き捨てると、呼び出しをしている表坊主が足速にやって来た。

「堀田加賀様がお呼びでございます。ご案内つかまつりますので、ついてきてくださいまし」

宗政は呼びに来た茶坊主をにらみ据えて、黙ってうなずいた。あとはついていくしかないが、呼び出したのは老中ではなく御側用人の堀田正盛。孫蔵と権左衛門が気にかけている相手であった。

下城する大名たちの人垣を掻《か》き分けるようにして廊下を逆行する。右へ左へと折れ、案内をされたのは奥御殿にほど近い薄暗い用談所だった。何とも鬱屈した空気が澱《よど》んでいるような部屋だった。おまけに薄ら寒い。

ぽつねんと宗政は座って待つ。小半刻《こはんとき》が過ぎ、また小半刻が過ぎた。

(くそ、待たせやがって)

胸中で毒づいて間もなく足音がして一人の男が控えた。すわ、堀田加賀守かと思ったが、装束が違うのでおそらく奥右筆《おくゆうひつ》だろう。しばらくお待ちをと、その男が言った。宗政は息を吸って待つ。それから間もなくして堀田加賀守正盛が入ってきた。貫禄《かんろく》のある体に福々しい顔つきだ。静かに腰を下ろすと、

「堀田正盛である。本郷隼人殿でござるな」

「いかにも」

「直截《ちょくせつ》に申す。とあるところより、貴公の領国にて禁令破りが行われているのではないかという疑いがある。この一件、貴公の江戸家老に拙宅に招いて聞いておることである」

「伺っておりまする」

宗政は一切怯《ひる》まずに答える。

「その件について、貴公は何か存じておらぬか？」

「一切存じませぬ。されど、掟破りが行われているなら、それはすべてわたしの責任でございます。いま国許に調べをするように下知し、その返事を待っています」

正盛はふくよかな顔のなかにある目をきらっと光らせた。

「貴公の調べも疎《おろそ》かにはできぬだろうが、幕府としても調べを行うべく使者を走らせておる。万にひとつ、掟破りがあったとなれば、評定にかけねばならぬ」

「腹を括って待つしかありませぬ」

「掟の触れは領内に行きわたっているのであろうな」

これは困った。その旨のことは打ち合わせていないし、禁令の触れが出されたかどうか宗政は知らない。

「触れは出してある、はずです」

正盛の眉がひそめられた。

「禁令は存じておられるか？」

「上様がお定めになりました田畑永代売買禁令と、田畑勝手作禁令でございましょう」

昨日孫蔵から説明を受けたばかりなので覚えていた。

「他国領内のことまではわからぬが、貴公の領内で禁令破りが行われているとすれば、これは放っておけぬこと。幕府も使者を出して調べをしておるが、隼人正殿もよくよく調べたうえで報告願いたい」

「承知つかまつりました」

ここで咎められることはなさそうだと、宗政は内心で胸を撫で下ろす。

「何か申したきことあれば、申されよ」

言ってやりたいことはあるが、下手なことは口にできぬ。宗政は短く考えたのちに答えた。

「何もございませぬ」

正盛は静かな眼差しを宗政に向け、一言発した。

「ご造作おかけした」

第六章　決　着

一

慶安《けいあん》四年（一六五一）一月二十五日——

江戸にいる諸国大名は暮れから正月の松の内が明けるまで忙しい。暮れの月次《つきなみ》登城が終われば、すぐに正月で、年始の行事がはじまる。元旦から三日までは年始御礼。七日は七草御礼。十一日が具足御礼。十五日と二十八日は月次登城。その間に、各大名家内でも儀式があるので、めまぐるしい忙しさだ。

椿山《つばきやま》藩本郷《ほんごう》家は老中と御側用人《おそばようにん》ににらまれているが、その老中と御側用人も大名なので、正月は休まる暇がない。

「沙汰がないのは堀田加賀《ほったかが》様もご老中も忙しいからでしょう」

鶴のように痩せている留守居役の鈴木権左衛門《すずきごんざえもん》がのんびり顔で言えば、

「そうではなく、まだ調べが終わっていないということもあろう」

田中八郎左衛門《たなかはちろうざえもん》が少し酔った目をして言葉を返す。

そこは、椿山藩江戸藩邸の書院であった。宗政《むねまさ》は上段之間から下りて、火鉢を囲んでいる家老らと昼酒を楽しんでいた。

「つぎの月次で呼ばれるかもしれませぬ」

孫蔵《まごぞう》がくぐもったような声を漏らした。宗政は手酌をはじめている。つぎの月次登城は二十八日である。

「どこまで調べが進んでいるか、そのことが不気味でござるな」

短軀《たんく》の八郎左衛門は片手に持った盃《さかずき》を宙に浮かし、みんなを眺めながら言葉を足す。

「調べは隠密《おんみつ》御用の目付がすませているはず。どこまで調べられたか、そのことが気がかりでございます」

「それにしても、禁令破りをしていた百姓がいたとは、思いもよらぬこと」

はあと、ため息をつく権左衛門は首を振る。

田畑を勝手に売り買いしていた百姓がいた。また、麦作の畑に木綿と菜種を植えている百姓もいた。数は少ないが、たしかに掟破《おきてやぶ》りである。

もちろん、調べをした国許《くにもと》の役人の指図でその百姓らは栽培をあらためている。

「このまま沙汰なしで、帰国ということにはまいりませぬか」

孫蔵が気休めを口にした。椿山藩の江戸在府は三月で終わり、四月までには帰国することになっている。今年は閏月《じゅんげつ》があるので、帰国は二月下旬となる。

「おぬしら……」

それまで黙っていた宗政は声を漏らし、目の前に座っている三人の家老を順々に眺めた。

「領国の百姓が掟破りをしていたのはたしかなことだ。あらためたとは言え、もう遅い。咎《とが》めを受けぬために言い繕うことはできぬ。そうだな」

三家老は神妙な顔でうなずく。

「咎められるならわしは素直に受け入れる。ただそれだけのことだ。おぬしらが気を病むことはない」

宗政はぐびりと酒をあおる。

「さりながら百姓たちには触れを出してあります。それを勝手に破ったのは、殿のせいではありませぬ。また家来衆の目が行き届いていなかったというのもたしかなことです。それに、そのことに目を配らなかった手前ら家老の責任でもあります」

権左衛門だった。

「いずれにしろ、すべての責はわしが負わねばならぬ。それが藩主の務めであろう。のう孫蔵」

「そうおっしゃると、返す言葉がありませぬ。ただ、この一件が取り沙汰されたのには、陰謀があると思われます」

「陰謀……」

八郎左衛門が目をまるくして孫蔵を見た。

「いかにも、その臭いがぷんぷんするのです。それというのも、領国で一揆《いっき》が起きたという噂《うわさ》が流れましたが、あれは奥平《おくだいら》藩宇佐美《うさみ》家の企《たくら》みだったかもしれませぬ。それに、宇佐美左近《さこん》様と、宇佐美家の江戸留守居役柏原相模《かしわばらさがみ》様が、足繁《あししげ》く御側用人の堀田加賀様と老中の阿部豊後《あべぶんご》様の屋敷に通われているのがわかっています」

「まことに……」

権左衛門が目をしばたたく。

「わたしは百姓一揆の噂が流れたあと、配下の者を使って宇佐美家上屋敷を見張らせています」

「さようなことをしておったとは知らなんだ」

「殿を呼び出されたのは阿部豊後様と堀田加賀様です。禁令破りにしても、茶々を入れたのは宇佐美左近様と考えて不思議はありますまい」

「なにゆえ、当家の足を引っ張るようなことを宇佐美家がする。あちらは譜代ではないか。当家を相手にして得することはないはず」

八郎左衛門が憤慨したように声を荒らげた。

「もし、当家が咎めを受ければ、なにがしかの得があります。直截《ちょくせつ》に申せば領地が増える。あるいは、国替えとなって宇佐美家が椿山藩領に移る。あるいは……」

「馬鹿な。さようなことがあってたまるか」

八郎左衛門が遮って吐き捨てた。だが、孫蔵は落ち着いた顔でつづけた。

「国替え、改易がなくとも領地わけ、あるいは平湯庄《ひらゆしよう》を宇佐美家にわたすことになるやもしれませぬ。それがしが思うに、宇佐美家は平湯庄を取り戻したいのではないかと推量しています。もっともこの推量は、国許を守っておられる佐々木一学《ささきいちがく》様が先にお考えになったことではありますが……」

「平湯庄を宇佐美家が」

「あの地はもともと宇佐美家のものでした」

「そうであったのは知っておるが、まさかいまさらあの地を」

「平湯庄は荒れ野でしたが、いまや豊かな地です。当家になくてならぬ大事な領地。あの地をなくせば、当家の台所はいきなり苦しくなります。逆に宇佐美家が平湯庄を取り戻せば、国は潤います」

「もし、さような企みがあったならば、兵を仕立て乗り込むほかあるまい。殿、いかがなさいます」

きっとした目を八郎左衛門が向けてきた。

「飛騨《ひだ》、戦国の世であったならばそうするだろうが、いまは徳川《とくがわ》の治世。戦《いくさ》のできる世ではない」

「だにしても黙ってはおれぬではありませぬか」

八郎左衛門は黒い顔を紅潮させ、手にした盃を強くにぎり締めた。

「黙ってはおらぬさ。何もかもわかれば、わしは宇佐美左近と面と向かって話をする。その覚悟はもうできておる」

宗政は泰然自若とした笑みを浮かべ、孫蔵を見た。宇佐美家への見張りは江戸ばかりではない。宗政は国許に指図をして、奥平藩内に密偵を送り込んでいた。

「まあ、騒ぐでない。わしに落ち度があれば、その咎を素直に受ける。されど、道理に合わぬ奸策《かんさく》には落ちぬ。孫蔵、飛騨、阿波《あわ》、わしはいま宇佐美左近を敵と見做《みな》す。その敵の罠《わな》には嵌《は》まらぬ。国はきっと守る」

「それでこそ一国の主《あるじ》」

孫蔵が惚《ほ》れ惚《ぼ》れとした顔を向けてきた。

そのとき、廊下から小姓《こしょう》が声をかけてきた。

「殿、お邪魔いたします。奥に青木《あおき》様がおいでで、是非にもお会いしたいそうでございます」

「お義父上《ちちうえ》が……急ぎの用であろうか？」

「他でもない大事なお話があるそうでございます」

宗政は目の前に座している三家老の顔を眺めたあとで、

「すぐにまいる」

そう言って立ちあがった。

二

正妻の凛《りん》の父親、青木重雲《じゅううん》は宗政の長男千一郎《せんいちろう》とじゃれていた。ほとんどない

歯を剝《む》き出《だ》しにして、ふがふがと笑っていたが、宗政が座敷に入ると、

「父上、父上」

千一郎が重雲を突き飛ばして駆け寄ってきた。突き飛ばされた重雲は床柱に頭を打ちつけ、あたたと額を押さえていた。ぶつけただけで怪《け》我《が》はしていないようだ。

「他でもない話があるそうだが……」

宗政は千一郎を軽々と抱きあげて、乱暴はいかぬと窘《たしな》め、

「お義父上、大丈夫でござるか？」

と、重雲を心配した。

「何、怪我をしてもわしは医者です。それに気にするほどでもありませぬ。それより聞き捨てならぬことがあります。二人だけで話ができますか」

重雲はなおもぶつけた額をさすりながら言った。

「では、わしの部屋で……」

宗政は抱えていた千一郎を下ろして、自分の書院部屋に案内した。上屋敷表御殿の奥は藩主とその家族の住む場所だが、そこにも政務を行う部屋があった。

膝を揃《そろ》えて向かい合うと、重雲は身を乗り出し、目を光らせて声をひそめた。

「そなた、用心されるがよろしい」

「何のことだ」

「噂があったでございましょう。そなたの領国で一揆があったという」

「あれはもう片づいた」

「それは何より。されど、噂を流したのが誰かわかりましたぞ」

宗政は眉根を寄せ目を厳しくし、誰だったのだと聞いた。

「奥平藩宇佐美家の者です。わたしはあれから、お城に登るたびに聞き耳を立てておりました。それに馴染《なじ》みの茶坊主もいます。少々手こずりましたが、さようなことでした」

「宇佐美左近殿の家来があの噂を流したと……」

「間違いありませぬ。あのような噂を流すのは、何か企みがあってのこと。それに、隼人《はやと》殿は、いまはご老中と御側用人に目をつけられているとも聞いております」

「たしかにそのようだ」

「それも宇佐美家の密告だと考えられたがよい」

重雲はまばたきもせず老顔を厳しくし、歯のない口をふがふが動かした。

「宇佐美家の狙いが何であるかわたしにはわかりませぬが、相手は罠を仕掛けているようです」

　宗政は心地よい酒の酔いをいっきに吹き飛ばし、獲物を追うような厳しい目になった。

　孫蔵から教えられたことと、国許にいる佐々木一学の推測があたっていたことをこれで確信した。

「お義父上、恩に着ます。教えていただき助かった」

　宗政はそう言うなり三人の家老がいる書院部屋に引き返した。歩く間もあれこれと気のつくことがあり、奥歯を嚙《か》みしめ拳を太股《ふともも》に何度も打ちつけた。

「みな、聞くがよい」

　普段にない厳しい顔つきで戻ってきた宗政に、三家老は居住まいを正した。

「領国で一揆が起きたという噂があったが、あれは宇佐美家が流したことがわかった」

「やはり」

　孫蔵がつぶやいた。

「南部家の者に、当家の領内で一揆が起きたという噂話をしたのは行商人であったな」

「すると、やはりあの行商人は宇佐美家の者だった……」

八郎左衛門が言った。

「そう考えておかしくないだろう」

「となると、禁令破りの一件も宇佐美家が茶々を入れたと考えられるのでは……」

八郎左衛門が一膝詰めて言う。

「殿、宇佐美左近様と宇佐美家の留守居が足繁く通っているのは、老中の阿部豊後様と御側用人の堀田加賀様の屋敷。殿はそのお二人に一揆の件と禁令の件を持ち出されています」

権左衛門が酔いの醒《さ》めた顔を向けてくる。

「宇佐美左近はその二人に取り入り、このわしを陥れようとしている。そう考えてよいはずだ。違うか」

宗政はおのれの腹に怒りの炎が燃え立つのを感じた。

「殿、罠を仕掛けられているのです」

孫蔵も一膝詰めて言う。

「相手が罠を仕掛けているとわかっていながら、黙っている手はない。そうであろう」

「いかにも。されど、いかがされます？　禁令破りの一件は当家にも落ち度がありました。それは偽れぬことです」

権左衛門がまっすぐ見てくる。

「それはそれだ。罠を仕掛けてくるなら、こっちも罠を仕掛ける」

孫蔵が感心したように強くうなずいた。

「どんな罠を……」

八郎左衛門が目をしばたたく。

「それをこれから話し合う」

「それにしても姑息《こそく》な手を。こうなると、平湯庄が襲われたのも宇佐美家の謀略だったと考えるべきではございませぬか」

権左衛門は歯噛みをする。

「何もかも宇佐美家の仕業だと考えてよいはずです」

孫蔵が厳しい顔つきで言う。

「謀られては黙っていられませぬ」

八郎左衛門が憤慨もあらわに鼻息を荒くする。

「戦いは守ってばかりでは負けてしまう。反撃の狼煙《のろし》をあげるのだ」

宗政は断乎《だんこ》たる顔で言い放った。

「反撃の狼煙……」

孫蔵が目を輝かせて鸚鵡《おうむ》返しにつぶやいた。

「うむ。みんな、知恵を貸せ」

宗政が身を乗り出すと、三家老も身を乗り出し、密談に入った。その話し合いは深夜に及び、即刻手が打たれた。

三

「のう刑部《ぎょうぶ》よ」

安綱《やすつな》は書院に呼んだ江戸家老の一人、今岡《いまおか》刑部甚之助《じんのすけ》をまっすぐ見た。甚之助は若い。まだ二十八歳だ。小姓から近習出頭人《きんじゅしゅっとうにん》を経て家老にあがったのは、安綱の信頼を得てのことである。

安綱は正月の行事をすべて無事に終え安堵《あんど》していた。もっとも月が変わった朔日《ついたち》(一日後)にはまた登城ではあるが、しばしの休息の間があった。

「はは」

「なかなか出世はかなわぬ。思いどおりにゆかぬのが、この世の常だとあきらめてはいかぬ。予は常々、おのれにそう言い聞かせておる」

「ご立派なことだと思いまする」

甚之助は色白のぽっちゃりした丸顔でうなずく。だが、澄んでいる細い吊り目《つめ》には、安綱の真意を読み取ろうとする意思がある。

「予は老中職を欲しておる。誰にも言わぬが、そなたには打ち明ける。されど、ここだけの話に止《とど》めよ」

安綱が正直におのれの思いを吐露できる相手はかぎられている。甚之助はそのひとりだ。

「かまえて他言いたしませぬ」

「老中への足がかりとして、予は大坂城代、京都所司代の座を考えていた。ご老中や御側用人にそれとなく、やんわりと話をしておるが、一足飛びにはいかぬ。まずは寺社奉行か奏者番《そうじゃばん》あたりには就きたい」

「ご老中あたりにご推挙されればかなうことではございませぬか。殿なら申し分ないと思いまするが……」

「予は譜代《ふだい》大名であるからには、いずれは老中になりたい。その前に官位昇進も考えなければならぬが、いかんせん費《つい》えがのう……」

安綱にかぎらず大名たる者は、ひとつでも上の官位を欲する。それが大名の格付けになるからだ。安綱は従四位下《じゅしいのげ》である。そのうえの従四位上《じょう》になれば、大名としての箔《はく》がつく。しかし、これには金がかかる。

上は将軍側近の大老から、下は奥右筆組頭《おくゆうひつくみがしら》の用人まで金銀を贈与しなければならぬ。その数は少なくとも十二人。一人百両だとしても軽く一千両は超える。

「予はご老中や御側用人様らと懇意にさせてもらっているが、いっかな前に進まぬ。されば官位はしばらく忘れることにした。その前に奏者番か寺社奉行をと考えをあらためた。慎み深いことであろう。されど、どうやったらうまくいくであろうか、夜も昼もなく考えておるのだが、名案が浮かばぬ。そなたの知恵を借りたい」

「わたしの……」

甚之助は視線を動かしてしばらく思案顔になった。

火鉢の炭がぱちっと爆《は》ぜ、表から目白のさえずりが聞こえてくる。部屋は障子越しのあわい光に満たされている。

「拙い考えかと思いますが、ご公儀のお役に立つことをすべきかと存じます。いまだ上様《うえさま》は諸国にお手伝い普請を行わせていらっしゃいます。当家も天守の石垣普請や材木の調達をいたしましたが、これからも何かそのお手伝いで功なすことができればいかがかと思います」

安綱はふむとうなって脇息《きょうそく》に凭《もた》れた。お手伝い普請はただ働きである。しかも莫大《ばくだい》な費用が発生する。借財の多い宇佐美家には厳しい仕事になる。

「他にはないか？」

「他に……」

「もっと手軽にできることだ」

「御台所《みだいどころ》様はどうかと考えましたが、上様と御台所様のお仲はよろしくないと耳にしております」

「どうもそのようだ」

こやつ、そんなことをどこで知ったのだと、甚之助を眺める。家光《いえみつ》と正室の孝子《たかこ》は不仲である。孝子は中ノ丸に追いやられ、離縁状態だ。そればかりでなく「御台所」の称号も外され、いまや「中ノ丸様」と呼ばれるようになっている。おまけに二人の間に子はできていなかった。

「されど、上様は御台所様の弟君であられる、信平《のぶひら》様をいたく可愛《かわい》がっておられると聞いております。信平様は五摂家のひとつ鷹司《たかつかさ》家の出。上様としては粗末に扱えぬお人です。もし、殿にそのつてがおありなら、信平様と懇意になるのも手かと思いますが……」

「信平様から上様に予のことを推挙してもらえと、さようなことか。なるほど。されど、難しいことじゃ。予は信平様のことを知らぬ」

「では、紀州《きしゅう》の頼宣《よりのぶ》様はいかがでございましょう」

「こやつ、とんでもないことを言いやがる」

安綱は微笑《ほほえ》んで感心する。紀州藩主の徳川頼宣は、家光の叔父《おじ》にあたる家康《いえやす》の十男だ。

「相手は御三家であるぞ。しかも紀伊《きい》徳川家の家祖。なかなか近づけるお人ではない」

「そこを何とか……」

安綱は考えた。だが、頼宣へのつてはすぐには思いつかない。

そこへ小姓から声がかかった。留守居役の千右衛門《せんえもん》がきたと告げたのだ。安綱は遠慮はいらぬから通せと応じた。

しかし、書院に入ってきた千右衛門は何やらあたふたした様子で、

「殿、大変な粗相をしてしまいました」

と、深々と頭を下げる。

「粗相……」

眉根を寄せた安綱は何の粗相だと問うた。

「はは。昨日、殿が下城されたあと、ご老中宅に正月祝いの品を届けに行ったのでございますが、祝いの品を間違えて届けたようなのです」

千右衛門の言う老中とは、阿部忠秋《ただあき》のことだ。

「祝いの品を間違えた……」

千右衛門は暑くもないのに額に汗を浮かべていた。

「はは。ご老中は正月は何かとお忙しいので、遠慮をして昨日下城された頃合いを見計らってお屋敷を訪ねたのでございます。新年の挨拶が遅れたお詫《わ》びを申しあげ、ついで殿のお指図どおりの品を届けました。ご老中にも喜んでいただきました。そこまではよかったのですが、先ほどご老中宅のご用人が見え、祝いの届け物はしかと受け取ったが、黴《かび》の生えた饅頭《まんじゆう》を寄越《よこ》すとはどういうことだ。殿が腹でも壊されたらいかがする。こういうものは食えぬから返すと、凄《すさ》まじい剣幕で突き返されました。それで、返された重箱を開けてみれば、なるほど黴だらけの饅頭が詰めてあったのです」

「なにゆえ、さようなものを持って行った。たわけがッ。無礼にもほどがある」

「いえ、饅頭など持参していないのです。これは何かの間違いだと思い、あれこれ思案しますれば、ご老中宅に向かう途中で贈答の品を持った供の者が、屋敷の角から出てきたどこかの中間《ちゅうげん》らしき者とぶつかり、その際持参の品を落としたのです。相手の男は平謝りに謝りながら落としたものを拾うのを手伝い、米搗き飛蝗《こめつきばった》のように頭を下げて去りました」

千右衛門は「はあ」と息を吐き、額の汗をぬぐった。

「それで……」

「あのとき、中間が抱え持っていた風呂敷包みとすり替えられたのではないかと、さように思い至りまして……」

「とんだしくじりではないか。ご老中宅に入る前に贈答の品をあらためなかったのか」

「まさか、そんなことはないと思いまして……」

安綱は生きた心地がしないという顔をしている千右衛門から視線を外して、短く考えた。

「いずれにせよ黴饅頭を持って行ったことに変わりはない。明後日の登城の折、ご老中に謝罪するしかあるまい。それにしても……」

安綱は唇を噛んだあとで舌打ちした。千右衛門は額を畳に擦りつけていた。

四

月が替わって閏《うるう》一月朔日――。この日は月次登城であった。

宗政は屋敷を出た駕籠《かご》のなかで、一枚の絵を繰り返し見ていた。家臣に描かせた宇佐美左近将監《しょうげん》安綱の似面絵《にづらえ》だった。殿中では人の顔などあまり見ないし、家紋を見ただけではそれがどこの誰であるかわからぬ。そのために描かせたのだ。

宇佐美左近の特徴はとらえてあるというその絵を一目見たとき、どこかで見かけたような気はしたが記憶は曖昧ではっきりしない。

目許涼しく鼻筋のとおった機知に富んだ顔つきだ。顔だけでなく体の特徴も書き添えられていた。すらりとした体つきで、丈は宗政と同じぐらいだ。

宗政は大手門に着くまでその絵を何度も見て頭に刻みつけた。その日は安綱の顔をたしかめることも大事だったが、今日という日は御側用人の堀田正盛《まさもり》に領内で禁令破りがあった事実を報告しなければならない。結果がどうであれ咎められる前に、詫びを入れるのは筋だ。

（今日は大変な日じゃ）

やれやれと、気を重くしながら宗政は表御殿の控え所に入った。表坊主がそばに来ると、式次第が終わったあと堀田正盛に面談したいと取次を頼んだ。表坊主は無愛想な顔で頼まれてくれたが、しばらくして戻ってくると、

「加賀様は本日はご多用なので、日をあらためてもらいたいとのことです」

と、これまた無愛想な顔で告げた。

相手が忙しければ強要はできないので、承知したと答えたが、腹のなかで「愛想のない茶坊主め」と毒づきながら、立ち去る表坊主の背中をにらんだ。

やがて、月次行事がはじまった。この日は家光は姿を見せず、家綱《いえつな》が代行したので行事は早々に終わった。

宗政はゆっくり玄関に向かった。ときおり背後を振り返る。宇佐美安綱は譜代大名なので、宗政より奥御殿に近い上席だから遅れて下城するはずだ。されど安綱らしき大名は見えない。つぎつぎと見知らぬ大名らが玄関に向かうが、安綱の姿はない。

（見過ごしたか……）

と思ったが、供を待たせている玄関の表に出て、そこでものらりくらりと歩き出

そうとしなかった。供侍と草履取りが怪訝《けげん》な顔をするのに、「待て待て」と窘め玄関から出てくる大名らを眺めた。

玄関のせわしさが少し落ち着いたときだった。色白の丈の高い男があらわれた。宇佐美安綱だった。宗政は「あれか」と眉を動かして眺めた。

安綱はややかたい顔つきで、刀番から大刀を受け取ると脇目も振らず歩き出し、中雀門《ちゅうじゃく》へ向かう。そのまま中之門から順繰りに下城していくのだが、宗政はあとを尾《つ》けるように歩きながら安綱と一度顔を合わせていることを思い出した。

昨年、玄関そばの廊下で表坊主に呼び止められたときに、「貴殿が……」と、つぶやいて立ち止まった大名が、もの珍しそうな目で見てきた。

宗政は顔見知りでないから、呆《ほう》けた返事をすると、安綱は「いや失礼」と言って足速に去って行った。

(そうかあのときの大名が、宇佐美左近であったか……)

宗政は先を歩く安綱の背中をにらむように凝視し、「おのれ」と心中で吐き捨て奥歯を噛んだ。

「どうでございました？　堀田加賀様にはお会いになりましたか？」

屋敷に戻るなり、留守居役の権左衛門が書院にやってきた。

宗政は楽な小袖に着替えたばかりで、小姓の鈴木小平太《こへいた》からもらった茶に口をつけた。

「会えなかった。忙しいらしく、日をあらためてくれとのことだ」

「あれ……」

権左衛門は身を引いて意外そうな顔をした。

「すると、当家の禁令破りの件はまだわかっておられないのかもしれませぬ」

「それはわからぬ」

「もしくは禁令破りが少ないので不問にされるお考えとか……」

「そうであるなら幸いだが、こちらから詫びを入れるのは筋だ」

「ごもっともなことで……。では先様のご都合を伺わなければなりませぬ。早速にもお屋敷のほうを訪ねてまいりましょう」

「頼む。それでな阿波……」

「はい」

「宇佐美左近の面《つら》を見てきた。何やら面白くなさそうな顔をしておった」

「まさかお話しになったとおっしゃるのでは」

権左衛門は驚いたように目を見開く。

「眺めただけだ。気に食わぬ顔をしておった。ただあの男、わしのことを知っているようだ。いや、昨年九月の月次登城の折に気づいたのだろう」

　宗政はそのときのことを話してやった。

「さようでございましたか。ともあれ、わたしは堀田加賀様のお屋敷に行ってまいります」

　権左衛門が出ていくと、入れ替わるように孫蔵と八郎左衛門がやってきた。

　二人とも今日の登城のことを聞いてきた。宗政は権左衛門に話したことをそっくり伝えた。

「すると、当家領内の調べが終わっていないか。終わっていたとしても、正月は忙しかったので吟味ができていないのかもしれませぬ」

　孫蔵が思案顔で言う。

「どうであれ、わしのほうから委細を話さなければなるまい。まずはそれが先だ」

「ごもっとも」

「宇佐美左近殿が不機嫌そうな顔をしていたとおっしゃいましたが、もしや饅頭のせいかもしれませぬ」

　八郎左衛門がほくそ笑む。

「うまくいったのだな」

「手はずどおりにことは運んだと家来からの報告を受けております」

八郎左衛門は配下の家来を使い、宇佐美家の江戸留守居役が老中の阿部忠秋の屋敷を訪ねるのを狙い、わざと留守居役の従者にぶつかり、徽饅頭の入った折を持たせていた。

「留守居役の供の者は三人。それぞれ分けて贈答の品を持っています。誰が何を持っているかは知らぬはず。新たな品物が増えても気づかないはず」

「徽饅頭は阿部豊後守《ぶんごのかみ》に届いたのだな」

「届いたはずです。徽饅頭をわたされて喜ぶ人はいませぬ。おそらく宇佐美左近殿が機嫌悪そうな顔をしていたのは、豊後守様から叱責を受けたのかもしれませぬ」

「いずれにせよ、老中豊後守様の宇佐美左近殿に対する心証は悪くなったはず」

孫蔵はにたりと笑った。

「先方から受けたことを考えれば、赤子の悪戯《いたずら》程度でしょう」

「それで、つぎなる手も打ってあります。今度は御側用人の堀田加賀様が市中に出かけられるのを狙います」

八郎左衛門はそう言って、その段取りもすんでいると話した。

「宇佐美左近殿が老中と御側用人の信用を得られなければ、当家の領地を取り戻すことはできますまい。表立っての戦ができない世なれば、裏の戦を仕掛けるしかありませぬ」

「なるほど、裏の戦であるか……」

宗政は感に堪えぬ面持ちで八郎左衛門を眺めた。

五

城内で老中阿部忠秋に面会できなかった安綱は、月次登城の翌日に千右衛門を伴って忠秋の上屋敷を訪ねた。忠秋は安綱の訪問を予期していたらしく、すぐに客座敷に通してくれたが、千右衛門の同席は許さなかった。

「多用ゆえ、手短に頼む」

以前のようなおおらかさは忠秋にはなく、その目はいささかきつく感じられた。やはり黴饅頭のことが尾を引いているようだ。

「先だっては進物の品に粗相があったとの由、これこのとおりお詫び申しあげますれば、何卒《なにとぞ》ご寛恕《かんじょ》のほどを……」

安綱は深々と頭を下げた。

忠秋はしばらく黙っていた。座敷はしんしんと冷えている。その冷たさが安綱の身に応える。

「そなたの江戸留守居、相模殿から饅頭の進物についての言い条は聞いておる。おるが不愉快至極」

「はは、申しわけもございませぬ。向後《こうご》二度とこのような過ちのないよう、きつく叱っておりますゆえ、どうかご容赦のほどを」

「家来の不始末は、主の不始末と取られかねぬ。そのこと肝に銘じてもらいたい」

「御意にございまする」

これでは他の話はできないと、安綱はほぞを噛む思いだ。

「それからひとつ申しておく。貴殿からはたびたび進物を頂戴しておるが、まさか賄《まいない》ではあるまいな」

「まさか、さような意味のものではございませぬ」

安綱はさっと顔をあげて弁解した。

「ご老中に懇意にしていただいている手前、心ばかりの品でございます。決して賄ではございませぬ。このことははっきりと申しあげておきます。どうか思い違いなされませぬようにお願いいたします」

「で、あるならよい。よいが、向後進物の類いは遠慮いたす。まわりの者の誤解を招きとうないのでな」

安綱は突き放されていると感じた。折角、近づきになれたのに、これでは元の木阿弥《もくあみ》。暗闇のなか、小さな火灯《ひあか》りを頼りに歩いているうちに、その灯りを突然消されたような思いがした。出世の道が断たれるのか。いやそれは避けねばならぬ。

「今夜は多用につきこれでお暇《いとま》願いたい」

いや待ってくれと言いたいが、取りつく島はなさそうだ。

「お忙しいところ、お邪魔立てをいたし申しわけもございませぬ」

安綱は「では、これにて失礼いたします」と言って座敷を出た。

駕籠の待つ表に出ると、春の雪が暗闇に舞っていた。冷たい風が肌を刺し、雪片が頬に張りついた。

相手は老中ではあるが、同じ譜代大名。それなのに老中という権威にぬかずく自分が、情けなくも悔しかった。その安綱の顔色を見た千右衛門は、目を合わせただけでうつむいた。

「屋敷に戻る」

安綱は短く言って駕籠に乗り込んだ。

丁度その頃、下総佐倉《しもうささくら》藩上屋敷を宗政は訪ねていた。

面会するのは、言うまでもなく藩主であり御側用人の堀田加賀守正盛である。

「登城の折に面談をお願いできればと考えていましたが、御用人様はお多忙と承り、ご迷惑を顧みず伺った次第でございまする」

応接の間に通された宗政は、正盛があらわれるなり慇懃《いんぎん》に挨拶をした。

「わざわざご足労いただき恐縮である」

正盛は鷹揚《おうよう》に応えてつづけた。

「正月は何かと慌ただしいが、今年はことに気が抜けぬ忙しさであった。上様のおそば近くで役務をしなければならぬ我が身としては、気が休まらぬのだ」

言葉どおり見端《みば》のよい顔には疲れの色が窺《うかが》えた。

「上様のお具合、思わしくないのでございましょうか？」

「気になることではあるが、そばについておる医者らにまかせるしかない。それはさておき、貴公の領国のことであろう」

やり手の藩主だけに察しがよい。

「はは、加賀様からのご指摘を受け、早速、国許に知らせ、詳しく調べさせましたところ禁令破りがございました。申しわけもございませぬ。先《ま》ず以《もっ》て、この一件のご報告をしなければならぬと思い罷《まか》り越した次第でございまする。掟破りがあったのは、国の主である身共《みども》の不徳のいたすところ、その責任は我が身にありますれば、とくとご詮議いただきたく存じます」

「うむ。隼人正《はやとのかみ》殿、腹を括《くく》ってまいったか」

「申し開きできませぬゆえ」

宗政は唇を引き結んで頭を下げる。

「天晴《あっぱ》れ」

意外な言葉に、宗政は「は」と、胸中でつぶやき顔をあげた。

「掟破りは領国の百姓の罪、されどその百姓らを差配する役人の落ち度、さらにその役人を司《つかさど》る主の責任。さらに言えば、触れを出した幕府も責を負わねばならぬ」

「…………」

「隼人正殿、じつはな、貴公にこの一件を注進したあと公儀御用の使者を走らせ調べにあたった。その際、隣藩である奥平宇佐美家の目付の助《すけ》を頼んだ」

宗政はギラッと目を光らせ、唇を嚙む。

「宇佐美家は譜代大名家。助を頼むのは道理。それは速やかに調べを終えるためであった」

調べに宇佐美家が加担しているとなれば不利だ。宗政は臍下《せいか》に力を込めた。

「調べの末に掟破りが見つかった。由々しきことである。その知らせを受けるなり、伊豆守《いずのかみ》殿と掃部頭《かもんのかみ》殿と詮議したところ、中根壱岐守《なかねいきのかみ》より待ったがかかった」

宗政は神妙な顔で正盛の話に耳を傾ける。

伊豆守とは老中松平信綱《まつだいらのぶつな》のことで、掃部頭とは大老井伊直孝《いいなおたか》のことだ。詮議に待ったをかけたのは大目付の中根正盛《まさもり》である。

「じつは掟破りは貴公の領国だけではないことがわかった。他の大名家にも同じ掟破りがあることがわかったのだ。もし、貴藩を咎めれば他国も倣わせなければならぬ。それに、貴公の領国で掟破りをやった百姓の数は少ない。向後は掟破りを行っている諸国に、さらに強い触れを出し、あらためて戒めることになった」

「されば、身共への咎は……」

正盛は肉厚の顔に笑みを浮かべた。

「咎なしである。しかれど、手綱を引き締め律してもらわなければならぬ。貴公への沙汰が遅れたのはさようなことである」

宗政は肩から力を抜き、ほっと胸を撫《な》で下ろした。

「ありがたきご裁断、恐れ入りましてございまする。宗政、よりいっそう治国《ちこく》に努めまする」

「大儀でござった」

正盛は宗政の訪問をねぎらった。

自邸に戻った宗政の機嫌はよかった。ワハハワハハ、と誰憚《はばか》ることなく愉快な笑い声をあげ、広座敷に酒の用意をさせると、宗政の帰邸を待っていた家老をそばに呼んだ。

心配顔で集まったのは孫蔵に八郎左衛門、そして留守居役の権左衛門だった。

宗政がにこにこ顔で正盛とやり取りしたことをつぶさに話すと、三家老の顔に安堵の色が浮かんだ。

「さあ、やれ。ひとまず国の危難を逃れることができた。ささ、飛騨、阿波、遠慮いたすな」

宗政は八郎左衛門と権左衛門に酌をしてやる。

「不問に付されたのは何よりでございますが、早速にも国許の百姓らにあらためて触れを出さねばなりませぬ」

孫蔵が宗政の気を引き締める。

「いやいやその手はずはすでに終えている。昨年の暮れにも正月にも、城代の多聞《たもん》殿に書簡を出し、その旨は伝えてある」

権左衛門は細い目をさらに細くして言う。

「それに多聞殿の下には一学殿がいる。あの二人がきっとそつなくやってくれているはずだ」

「さようでございましたか。これは恐れ入りました」

孫蔵は引き下がって盃を口に運び、

「来月は帰国でございますが、その前に此度《こたび》の一件の始末をつけておかねばなりませぬ」

と、言葉を足す。

「孫蔵殿、もう手は打ってある。宇佐美左近に嘗《な》められてばかりはおれぬ。懸念あるな」

八郎左衛門が低く重々しい穏やかな声で言う。色の黒い短軀だが、こういうとき八郎左衛門には頼もしさを感じる。

「手は打ってあると申すが、それは今日明日のことであろうか」

宗政が問えば、

「おそらく明日になるでございましょう。宇佐美左近の鼻を明かす、つぎなる仕掛けでございまする」

八郎左衛門は余裕の顔で答える。

「そりゃ楽しみだ」

満悦顔で酒をあおる宗政の気持ちは、もう領国の椿山に飛んでいた。堅苦しい江戸の暮らしもさることながら、夜の暮らしがつまらぬのだ。正妻の凜は子を産んでからはさっぱり淡泊になり、宗政は欲求不満だった。早く国に戻りおたけに会いたいと思う。

六

宗政の訪問を受けた翌日、堀田正盛は懇意にしている御用商人の接待を受け、日本橋《にほんばし》に近い料理屋に出かけていた。

その夜は夕方から雪がちらついていた。積もるほどではないが、寒さが厳しい。正盛の供をして来た若党らは寒い表で主の帰りを待たねばならない。駕籠を担ぐ陸《ろく》尺《しゃく》は寒風を避けるために、料理屋と隣の商家の路地で縮こまっていた。

　風が音を立てて夜空を吹き抜ければ、雪片が生きた蝶《ちょう》のように舞いあがった。正盛の供は若党が四人、陸尺四人、草履取り一人、合わせて九人だった。

　それは、主である正盛が料理屋に入って半刻《はんとき》（約一時間）ほどたった頃だ。町の角を曲がって四人の侍があらわれた。どこかで酒をきこしめしてきたらしく、鼻歌交じりでやってくる。

　正盛の従者である若党頭の木原市兵衛《きはらいちべえ》は、

「いい気なもんだ。こっちは寒さにふるえて殿の帰りを待っているというのに……」

と、酔っている四人の侍を羨むように見た。どうやらどこかの勤番侍のようだ。

　四人はそれぞれに手にした提灯《ちょうちん》をぶらぶら揺らしながら近づいてきた。と、一人の男が駕籠のそばで立ち止まって文句を言ってきた。

「こんなところに駕籠なんぞ置きやがって。通行の邪魔だ。どけろ」

　権高な物言いに、木原市兵衛は肩をそびやかして、

「大名家の駕籠だ。邪魔だとは無礼であろう」

と、言葉を返した。

「何が無礼だ。往来にこんなものを置くのが無礼であろう。どうやら作法を知らぬ

うつけのようだな」

「何をッ。大名の駕籠だと知ってうつけとは何だ！　お手前らどこのご家中であるか？」

「家中もくそもあるか。人に者を尋ねるときは手前から名乗るのが礼儀であろう」

相手が酔っているとわかっていても、市兵衛は我慢ならなかった。

「拙者は下総佐倉藩堀田加賀守様の家来、木原市兵衛と申す。さあ、名乗った。お手前らも名乗るがよい」

市兵衛が毅然《きぜん》と言い放つと、丈の高い痩せた男が口を開いた。

「へん、威張り腐ったこと言いやがって。下総佐倉か堀田加賀か知らぬが、いったいどういう大名だ。聞いたことがねえな」

「上様側近のご用人である。さあ、お手前ら名乗るがよい。どこのご家中であるか？」

「どこのご家中ときたか。おお、わしらは奥平藩宇佐美家の者だ。どうだわかったか」

答えた男はペッとつばを吐き捨てた。それが駕籠にかかった。

「あ……」

市兵衛が驚くのもかまわず、別の男が、

「堀田か加賀か知らぬが、家来をこんな寒い外に立たせておくとはとんでもねえ殿様だ。いいから早く駕籠をどけろ」

と言って、駕籠を蹴った。バリッと音がして駕籠の外板が破れた。

「無礼にもほどがある。許さぬ！」

市兵衛が目くじらを立てて刀を抜くと、

「おお、刀を抜くとは怖《おそ》ろしや。将軍お膝許で刃傷《にんじょう》に及ぶつもりか」

固太りした小男が後じさって忠告した。

「ええい、許さぬ！」

市兵衛は憤激して刀を振りあげた。すると、四人の侍は怖れたように後じさり、

「刃傷は御免蒙《こうむ》る。鶴亀鶴亀……」

と、小男が逃げ出すと、他の三人も互いの顔を見合わせてうなずき、そのまま尻尾を巻いた犬のように立ち去った。

その翌朝のことだった。

安綱に堀田正盛から、大事な用があるので至急役宅に来てもらいたいという知ら

せがあった。

安綱は阿部老中の心証を悪くしているので、今度はいい話ではないかと思い、急いで表猿楽町《おもてさるがくちょう》にある正盛の上屋敷に駕籠を飛ばした。自邸は一橋《ひとつばし》御門外だから、造作ない距離である。

安綱は駕籠のなかで昇進に関わることか、あるいは椿山藩の粗相が見つかり領地わけの相談かもしれないと思い気持ちを高ぶらせた。

今年に入って国許にいる目付が幕府御用の目付といっしょに椿山藩領の調べにあたっていた。それは、幕府の禁令破りを調べるためで、その結果がどうなったか江戸の安綱に知らせが届いていた。そして、椿山藩で禁令破りが行われていた事実が見つかっていた。

(出世話でないなら、これはいよいよ領地わけのことかもしれぬ)

安綱は駕籠のなかで口許をゆるめずにはおれなかった。堀田正盛は老中職から御側用人になっているが、「御太老」と呼ばれる大政参与職でもある。

大政参与は幕政全般に関わり、将軍の後見人として殿中の諸儀式・将軍家の法事・参詣などを差配する重要職である。それに家光に最も近い側近と言われている。

安綱にとって正盛とのつながりは、何が何でも強いものにしておきたいという思いがある。

正盛の屋敷に到着すると、すぐさま表御殿の客座敷に通された。期待に目をきらきら輝かせて待っていると、正盛が奥の襖《ふすま》を開けてあらわれた。その表情が険しいのは気のせいか。

「お呼び立てに与《あずか》り参上いたしました」

安綱は慇懃に礼をした。

「とんでもないことをしてくれた」

正盛の声は厳しかった。

安綱が目をしばたたきながら顔をあげると、正盛は昨夜市中に出かけた折に表で待たせていた供が不届き者に罵詈《ばり》雑言《ぞうごん》を浴びせられ、自分の使っている駕籠につばを吐かれ、ついで外板を蹴られ破られたと話した。

「何という無礼な」

「さよう、無礼にもほどがある。左近殿、そなたの家来の躾《しつけ》はどうなっておるのだ」

正盛は怒っていた。

なぜ、その怒りの矛先が自分に向けられるのかと、安綱は訝《いぶか》しんだ。

「無礼をはたらいたのは貴公の家臣である」

安綱は「えっ」と驚かずにはいられなかった。

「大事な駕籠を壊され、挙げ句当家を愚弄してもおる」

（ま、まさか、そんなことが……）

気丈で気位の高い安綱もさすがに肝を冷やした。

「まことに、当家の家来が……」

「わたしの家来が嘘《うそ》をついているとは思えぬ。供連れは九人であったが、その九人が九人とも口を揃えて言うのだ。まったくもって勘弁ならぬ所業。貴公の家来の名はわかっておらぬが、不心得者を見つけ出したら詫びを入れさせたのち、厳しく処断してもらう。よいな」

大目玉を食らった安綱は平身低頭するしかない。

七

椿山藩椿山城内――。
水がぬるみ、野には菫《すみれ》や蒲公英《たんぽぽ》の花が咲き、城の庭や周囲の山には木蓮《もくれん》や桃、あるいは辛夷《こぶし》の花が人々の目を楽しませる季節になっていた。

その日、城代家老の鈴木多聞と佐々木一学は家老部屋で茶を飲んでいた。

「殿のご帰国もいよいよ来月でございますな」

一学は庭に向けていた色白の細面を多聞に向けた。

「江戸表《おもて》も大変そうだが、どうにか落ち着いたとこの前の書簡にはあった」

多聞は小さな目をゆるめて、湯呑《ゆの》みを膝許に置いた。

「昨年の洪水で百姓らも滅《め》入《い》っておりましたが、どうにか田や畑も元に戻りそうな気配。とは申しても昨年は不作でございました。年貢は例年の半分にも及びませぬ。藩の台所は厳しくなりました」

「普請仕事も増えたからな」

多聞は小さなため息をつく。昨年の大水で領内の村の多くが被害にあった。米をはじめ穀類や野菜などの作物は、例年の半分以下の収穫しかなかった。おまけに堤防が決壊し橋が流されていた。そのための普請作業がようやく終わったばかりだった。

「まあ、悪いときもあれば、よいときもあるであろう」

「今年はよい年になることを祈るばかりです」

一学が多聞に応じたとき、目付頭の小林半蔵《こばやしはんぞう》がやってきて大変なことがわかったと言った。

「何がわかったと申す？」

一学が問うと、半蔵は四角い顔を少し赤らめて報告した。

「城下で乱暴狼藉《ろうぜき》をはたらいた男を、町奉行配下の者が捕縛いたし、牢《ろう》に入れて訊《じん》問《もん》していたところ、その男が聞き捨てならぬことを白状いたしたのです。知らせを受け、拙者が新たに訊問いたせば、その男、六蔵《ろくぞう》と申しますが、昨年来、平湯庄を襲っていたのはおのれらで、奥平藩宇佐美左近様にたばかられたと申すのです」

「宇佐美左近様にたばかられた？」

「六蔵は宇佐美家領内の篠岳《しのだけ》山中にある、立神《たてがみ》の里《さと》と申すところに住んでいたそうですが、宇佐美家に召し抱えるという約束で、左近様の指図にしたがい平湯庄を襲ったと申しております」

「何」

一学が驚きに目をみはれば、

「何だと」

と、多聞も小さな目をこれでもかというほど大きくした。

「六蔵は城下の居酒屋で職人らと大喧嘩《おおげんか》のすえ、相手二人を半殺しの目にあわせた乱暴者ですが、誰にも言えぬ秘密を知っている。その秘密を話すから牢から出してくれと訴えます」

「その委細を聞いたのか？」

一学はまばたきもせずに半蔵を凝視した。

「わたしでは役不足、もっと上の者を連れてくれば詳しいことを話すと申しております」

一学と多聞は顔を見合わせた。

「その六蔵なる者はどこに？」

「城下の牢から城内の牢に移しているところでございます」

「会おう」

多聞が立ちあがれば、一学もすぐに腰をあげた。

江戸奥平藩上屋敷――。

安綱は落ち着かない日々を送っていた。

将軍側近の御側用人堀田正盛から大目玉を食らったあと、正盛に無礼をはたらいた家来を捜したが、名乗り出る者もいず、そんな無礼をはたらいた者はいないという報告を受けていた。

しかし、堀田正盛が嘘をつくとは思えず、また正盛の供をしていた者たちの証言を覆すものもなかった。

安綱は壊された正盛の駕籠を弁償し、新たな駕籠を造らせ、何とか信用を取り戻そうと必死になっているが、機嫌を損ねた正盛の対応は冷たいものだった。

さらに、老中阿部忠秋の心証を悪くしているので、何とか縒《よ》りを戻そうと努力を怠っていないが、うまくいっていなかった。

当然、安綱の機嫌はよくない。自信家で気位の高い男もさすがに滅入っていた。

ただ、悪いことばかりではない。領内の開墾がうまくゆき、今年は例年の数倍の作物収穫が見込まれ、また五千両の大名貸をしてくれた越前《えちぜん》の材木商能登屋《のとや》が、領国の材木を買い取ることが決まり、まずは五千両の借金をそれで清算できるばかりでなく、大きな収益をあげる見込みが立っていた。

されど、安綱の気は晴れない。出世の糸口となる阿部忠秋と堀田正盛との縁が切れそうなのだ。何とかして信用を取り戻したいが、

「殿、ここはしばらく堪え忍ぶしかありますまい。いずれよいこともございましょ

う」

慰めのつもりか励ましのつもりかわからぬが、留守居役の千右衛門が達磨《だるま》顔を向けてくる。

「いずれとはいつじゃ。江戸に留まるのもあと数ヶ月。五月には帰国なのだ。それまでに何とか老中と御側用人の機嫌を直してもらわなければならぬ」

「まあ、そうではございますが……」

安綱は丸窓から見える庭に目を向けた。連翹《れんぎょう》や雪柳が見事に咲いている。鶯《うぐいす》の声も聞こえてくる。

「殿、お言葉ではございますが……」

千右衛門が遠慮がちの声を漏らす。

「何じゃ、申したきことがあれば遠慮はいらぬ」

「ご老中や御側用人のこともおありでしょうが、殿の評判があがれば、出世もかないましょう。それにはまずは治国と、国を富ますことではございませぬか。さいわい、領国の材木が大きく取引されることが決まり、開墾地の田畑の収穫も望めるようになっておるのです。気を落とされる前に、そのことをお考えになってはいかがでございましょう」

「それで予の評判があがると申すか……」

「ご老中も御側用人も治国の名手です。それで上様の信用を得られてもいらっしゃいます。殿も負けず劣らずの評判が立てば、奏者番から大坂城代という道もあります」

安綱はその言葉をどこか遠くで聞きながら、カッと目をみはった。

「相模……。掃部頭様、松平伊豆様にわたりをつけられぬか。急ぐことはないが、予が来年江戸に来るまでの間に……」

安綱はじっと千右衛門を眺めた。

堀田正盛と阿部忠秋を頼ることができなければ、そうするしかないと考えたのだ。掃部頭とは家光の後見役で幕閣の筆頭である、大老井伊直孝のことだ。もう一人は老中首座にあり「智恵《ちえ》伊豆」と呼ばれる松平信綱のことだった。

「……承知いたしました。つてがないわけではございませぬ。殿が帰国されている間に、大きなつなぎを得ることにいたしましょう」

「そなたが頼りだ」

安綱は言葉どおり、こうなったからには江戸留守居役の才知を頼るしかない。

千右衛門は殊勝にうなずき返した。

八

宗政の許に国許から分厚い書状が届いたのは、閏一月が過ぎ二月に入ってからのことだった。江戸藩邸は帰国の支度に追われていて何かと落ち着かなくなっていたが、宗政は帰国を誰よりも待ち望んでいた。昨年洪水に見舞われひどい被害を受けた領国がいかに復興しているか、そのことを見たいという思いもあるが、何よりおたけに早く会いたかった。

あのむちむちした体に溺れたいという欲求が日に日に強くなっている。

国許から届いた書状の差出人は、城代家老の鈴木多聞からだった。宗政は多聞の薄い頭髪をちょこなんと結った髷《まげ》と、豆粒のような小さな目を思い浮かべて読み進めていった。口うるさい家老なので、また喧《やかま》しいことを書いてきたのではないかと思ったが、そうではなかった。

読み進めるうちに宗政の目はぎらぎらと光り出した。

その書状の内容はこうであった――。

六蔵という無宿浪人が椿山城下にある宝町《たからまち》の居酒屋で職人相手に大喧嘩をした

末に、相手二人に大怪我を負わせたという騒ぎがあった。

知らせを受けた町奉行所の役人によって六蔵は取り押さえられ、その間城下の牢屋敷に留め置かれたが、調べをする役人に椿山藩本郷家にとって重大なことを教えるので、代わりに牢から出してくれという条件を持ち出した。

六蔵はすべてを打ち明けなかったが、昨年来、仲間といっしょに平湯庄を襲ったと証言して、これ以上の詳しいことは藩の重臣に話して掛け合いたいと所望するので、目付頭の小林半蔵がまず話を聞いた。

しかし、六蔵は目付頭では自分の望むことは受け入れられないと思ったらしく、藩主に近い側近の家老と取引をしたいと望むので、佐々木一学と鈴木多聞が話次第では交渉を受け入れると約束したのち六蔵から話を聞いた。

そのことが延々と書状には書かれていた。

宗政は一読すると、孫蔵と田中八郎左衛門、そして鈴木権左衛門をそばに呼び、

「これを読め。多聞からの知らせだ」

といって、三人に書状を読ませた。

読み進める三家老の顔色が変わったのは言うまでもない。

「やはり、一学様の推量があたっていたのですね」

孫蔵が厳しい顔つきで言った。

「おのれ宇佐美左近め。当家を愚弄しおって。山賊まがいの地侍を使って平湯庄を襲わせておったとは……」

温厚な権左衛門もさすがに怒りを抑えられないのか、鶴のような体をふるわせた。

「これは平湯庄を取り戻すための陰謀でございまするよ。許せぬ所業。宇佐美左近を訴えるべきです。もはや忍従もこれまで、宇佐美左近を追い落とすのです」

八郎左衛門は怒り肩をそびやかし、色黒の顔を赤くして言葉を足す。

「さらには使った地侍たちを捕縛して斬首している。女子供には手をつけておらぬようだが、許すまじき極悪な所業。まるで鬼ではありませぬか」

「世が世であるなら戦もやむを得ぬこと」

孫蔵にしてはめずらしく、いきり立った顔をした。

「殿、いかがされます」

八郎左衛門が一膝二膝、身を乗り出して怒り顔を向けてくる。

宗政も怒り心頭に発していたが、三人の家老の憤激ぶりを目のあたりにして冷静さを取り戻した。むろん、孫蔵が言ったように合戦に臨んでもよいという思いがある。されど、いまは戦の許される世ではない。

宗政は大きく息を吸い、それから長々と息を吐いて荒ぶる気持ちを抑え込んだ。

「阿波、宇佐美左近と話をする」

えっ、と三家老は驚き顔をした。

「話など無用ではございませぬか。まずは老中に訴状を出し、何もかも曝《さら》せばよいこと。正道に反する天下の大罪でございまするよ」

八郎左衛門は鼻息が荒い。

「さよう、話し合いなど無用でございまする。当家は大きな害を蒙り、多くの命を失っておるのです。まずは訴状を出すべきでございます」

権左衛門も目の奥に憎悪の炎を燃やしていた。

「話し合いは戦だ。わしはそう考えて、宇佐美左近と面と向かって話し合う。そのうえで相手が白を切り、卑怯《ひきょう》なことを言えば、わしは許さぬ。しかれども、戦は頭に血を上らせていては勝ち目はない。わしは相手の出方次第ではねじ伏せる」

三家老の顔がこわばった。

「阿波、これから宇佐美家へ走り、宇佐美左近を呼ぶのだ。供連れは許すが、それは江戸家老二人のみとする」

権左衛門が承知したとうなずいた。

「当家の立ち会いは？」

孫蔵だった。

「おぬしら三人でよかろう。阿波、行ってまいれ。まだ日は高い。話し合いは今日のうちに終わらせる。戦に決着をつけるのだ」


安綱が奥書院で国許から届いた書類に目を通すのに飽き、趣味でもない盆栽をいじっているときに、留守居役の千右衛門があたふたした顔でやってきた。

「殿、椿山藩の本郷隼人正様より招きがありました」

「何、本郷隼人殿から……」

安綱は眉宇をひそめて剪定鋏《せんていばさみ》を膝許に置いた。一度、城中で会っているが、図体《ずうたい》だけが大きい呆《ほう》け顔しか思い浮かばない。

「いったい何の招きだ？」

「それが宇佐美家の将来に関わる重大な話があるということでございます」

千右衛門は目をしばたたきながら言う。

「いったいどんな話があるというのだ」

「さあ、わたくしには何とも……。ただ、当家の同席は殿と他二人という断りを入れられています」

「招きというからにはどこぞの料理屋であるか？」

「それが本郷家の上屋敷です。今日の今日なので都合がつかぬなら、明日でもよいと先方の留守居鈴木阿波殿は付け足されましたが……」

安綱は短く考えた。本郷隼人がどんな話をするか、そのことに興味がある。それにいまは暇だ。本郷家は隣藩だから誼《よしみ》を通じたいのかもしれぬ。それならそれでよいだろう。よい気晴らしになるかもしれぬ。

「よかろう。本郷家に使いを出し、暮れ六つ（午後六時頃）に伺うと伝えさせよ」

「承知いたしました。それで供は二人だけということですが、いかがされます？」

安綱は少し思案して、千右衛門と氏家勇四郎《うじいえゆうしろう》でよいと答えた。

九

孫蔵は不安であった。だから宗政と話をして、宇佐美安綱と対面するその真意を知りたかった。

だが、その暇がなかった。八郎左衛門に屋敷の警固を厳重にしなければならぬと言われ、そのことに奔走しているうちに、使いに出ていた留守居の権左衛門が帰邸すると、対面所をどこにするかという相談を持ちかけられ、あれこれ話し合っているうちにもう日の暮れになった。

これはまずいと思い、小姓の田中右近《うこん》を呼びつけて、宗政と話をしたいと、その旨を取り次がせたが、

「殿はあとにしてもらいたいと仰せです」

という素っ気ない返答があった。

孫蔵は不安を抱えながらあきらめるしかない。いまの宗政の心のうちが読めないという焦りも手伝い、孫蔵は落ち着かなかった。宇佐美安綱と対面するのはよいが、よもや刃傷に及ぶのではないかと危惧するのだ。もし、そうなったら一大事であるが、いざとなれば一蓮托生《いちれんたくしょう》、宗政と運命を共にしようと腹を括った。

宇佐美安綱の訪問は暮れ六つ。もうその時刻になっていた。西の空は翳《かげ》り、茜色《あかねいろ》に染まっていた雲も灰色に変わっていた。

孫蔵は屋敷の表門から御殿玄関まで、集めた勤番の侍衆をずらりと並べて控えさせた。さらに庭の隅には槍持《やりもち》の侍を五十人控えさせ、徒衆《かちしゅう》らには彼らの住居である長屋門前に待機させた。物々しい雰囲気になったが、それは致し方ない。

しかし、宗政の言った言葉が、喉に刺さった魚の小骨のように孫蔵の胸に引っかかっている。

宗政は「話し合いは戦だ」「相手の出方次第ではねじ伏せる」と、断言した。

さらに気がかりなのは、相手は敵であっても譜代大名だから、対面の場は貴人を接待する松之間にしようと進言したが、広間でよいと一蹴された。

そして、孫蔵は落ち着かぬまま広間に控えた。隣には留守居の権左衛門と家老の八郎左衛門が控えていた。上段之間に座る宗政はまだ姿をあらわしていない。

「殿はいかがされた？」

権左衛門が気が気でない顔で聞いてくる。孫蔵はわからないと首をかしげるしかない。そのとき表がざわざわと騒がしくなり、玄関に控えていた近習が、

「宇佐美左近将監様がお着きになりました」

と、報告に来た。

ほどなく、別の近習に案内を受けた安綱と供の家臣があらわれた。安綱はすらりと背が高く、目鼻立ちの整った容貌だった。

これが宇佐美左近か、と孫蔵はわずかに頭を下げたまま眺めた。聡明《そうめい》な顔つきだが、その目にはいささか不満とも驚きとも取れる戸惑いがあった。

留守居の権左衛門が孫蔵と八郎左衛門を紹介すると、相手の江戸留守居、柏原相模守千右衛門があらためて安綱と、家老の氏家佐渡守《さどのかみ》勇四郎を紹介した。

安綱はむんと口を引き結んだまま下座《ざ》に坐している。あきらかに不満そうだ。譜代大名を呼んで下座につかせ、さらに宗政はあらわれていない。

安綱も供の二人の家老も脇差《わきざし》のみだ。孫蔵の指図どおり、玄関控えの近習が大刀を預かったからだ。

広間には百目《ひやくめ》蠟燭《ろうそく》が灯《とも》されており、閉《た》てられた障子の白さが際立っていた。すっと上段之間脇の襖が開き、宗政がゆっくりと姿をあらわした。どすんと音を立てて胡坐《あぐら》をかいて座った。

安綱の眉がぴくりと動き、唇を噛むのがわかった。色白の頬をにわかに紅潮もさせた。

「本郷宗政である」

宗政は名乗って、安綱を射るように見た。

「宇佐美左近将監である。お招きに与り馳《は》せ参じたが、大仰なお出迎えであるな」

安綱は皮肉を口にした。声にはあきらかに不満のひびきがあった。

「まああまりもてなしはできぬゆえ、ご勘弁願おう。さて、お呼び立てしたのは他でもない。左近殿は当家の領地である平湯庄をご存じであろう」

宗政はいきなり本題を切り出した。孫蔵は膝の上に置いた手をにぎり締めた。

「存じておる」

「彼《か》の地はかつて貴藩の領地であった」

「いかにも」

「なにゆえ、当家のものになったかご存じであろうな」

「知らぬわけがない」

「左近殿、平湯庄がほしいか？」

宗政はにたりとした笑みを浮かべた。だが、目は笑っていない。安綱の頬肉が痙《けい》攣《れん》したように短くふるえた。

「なにゆえさようなことを……」

「貴殿の領地には篠岳という山があると聞く。その山中には立神の里という集落があり、無宿の地侍たちが住んでいた」

安綱はまばたきもせず宗政をにらみ据えていた。緊張の面持ちだ。

「存じておろう」

「……無論。彼の地に住み暮らす者たちには格段の計らいをしていた。まずは年貢を納めずともよいということだ。助郷《すけごう》も夫役《ぶやく》も強いてはいなかった」

「されど、その地に住み暮らす者たちは山から追い出された。女子供は所払いをされたが、男たちのほとんどは捕縛され刑に処された」

安綱は片眉を大きく動かし、くわっと目をみはった。同席している柏原千右衛門と氏家勇四郎が、こわばった顔を安綱に向けた。

「左近殿、その山に暮らしていた助五郎《すけごろう》なる男をご存じだな」

安綱は短く沈黙した。

燭台《しょくだい》の芯がじじっと鳴り、ぽっと煤《すす》が昇った。

「左近殿、存じておるな」

宗政はにらみを利かせて同じことを問うた。

「うむ。知っておる」

「かーっ！」

宗政はそこにいる者たちがびっくりするほどの大音声《だいおんじょう》を発した。孫蔵もこれには驚き、肩をびくつかせた。安綱もたじろいだほどだ。

これが、宗政の言う戦か、孫蔵はそう感じた。

「貴殿はその助五郎を裏で操り、当家の大事な領地である平湯庄を再三にわたり襲わせた。わが家来も領民らもその餌食となり、何人も殺された。そのことを思うと、胸を掻《か》き毟《むし》りたくなるほど悔しくて悲しい。この悲痛なる思い、貴殿にはわかるまい」

「………………」

「左近殿、上様はたとえ譜代大名であっても容赦ないお人。この一件が上様の耳に入れれば、貴殿の改易は免れまい」

安綱の顔色が変わった。紅潮していた頬が白くなり、膝の上に置いた手を強くにぎり締め、口を真一文字に引き結んだ。

「訴状を出せば、左近殿の将来はなくなるであろう」

「隼人殿……」

安綱の声はふるえていた。最前あった不満の色はその顔から消えていた。目には慈悲を乞う色さえ浮かんでいる。宗政は安綱の呼びかけには応じずつづけた。

「立神の里には、六蔵と申す助五郎の仲間がいた。六蔵は捕縛されずに逃げておったが、当家の領内に入り面倒を起こし、町奉行に捕まり、そのうえですべてを白状した。平湯庄を襲った一件である」

安綱はがくっと肩を落とし、視線を下げた。供の千右衛門と勇四郎は青ざめていた。

「貴殿には何も言い逃れはできぬ。ここにいるわしの家臣は、この一件を注進せよと強く勧める」

安綱の視線が孫蔵らに短く注がれた。哀れな視線であった。

「さりながら、わしはよくよく考えた。左近殿、そなたには多くの家来がいる。家来には妻や子もある。もし、わしが注進すれば、その多くの者たちが難渋する。そのことを考えれば、わしは注進はできぬ」

安綱の目が驚きに見開かれた。供の千右衛門と勇四郎も地蔵のように身を固め、目をみはった。

孫蔵は思いもよらぬ宗政の言葉を聞き、

(辰之助《たつのすけ》、おまえ様は……)

と、宗政の通称を心中でつぶやいた。

「すると隼人殿、予は……」

安綱は目をみはったまま宗政を見つめた。

「罪もなく殺された者たちの魂を慰めるための墓碑を、平湯庄に建ててもらいたい」

孫蔵は感動した。何という宗政の鷹揚なはからい。おぬしはやはり大きな度量の持ち主であった。辰之助、天晴れ。天晴れであるぞ！

孫蔵は胸中でつぶやきながら、目頭を熱くしていた。宗政のそばに仕えてよかったと、心の底から思った。

「宇佐美安綱、承知いたしした。隼人殿……惻隠《そくいん》の情に厚く礼を申す」

安綱はそう言うと深々と頭を下げた。

孫蔵は「戦」に勝ったと思った。

＊

二月二十一日、椿山藩の当主宗政一行は江戸を発《た》った。

街道近くの野や山には数日前まで見頃だった桜が見られ、散り落ちた白い花が風に舞っていた。宗政は大きな体を乗物のなかに押し込んで、御簾《みす》を開けて外の景色を眺めた。

やっと国に戻れるという万感の思いがある。江戸はやはり窮屈だった。おのれはやはり田舎《いなか》大名であるとつくづく思うし、それで十分だと思う。

「殿、殿……」

　乗物のそばを歩く孫蔵が声をかけてくる。

「何だ」

「やはり江戸の暮らしは気に召されませぬか」

「堅苦しいからのぉ。登城日はとくに気重になるし面倒だ」

「そうでございましょう」

　そう答えた孫蔵がそばに顔を近づけてきた。あたりを見まわしたあとで、「辰之助」と通称で呼びかけてくる。

「おまえ様はやはり大名であった。感服いたした。左近殿との〝戦〟は天晴れであった」

「何を言いやがる」

「いやいやまことである」

　孫蔵はにこにこ顔で言う。

「おだててどうする。わしは清々《せいせい》しておるのだ。それに……」

「何だ？」

「いや、何でもない」

宗政はそう言って御簾を下ろした。それから胸のうちでつぶやいた。

(おたけ、早《はよ》う会いたいのぉ)


宗政らの大名行列を見送っている者がいた。

その朝、藩邸を騎馬で出た安綱だった。口取りもつけず、供は若い家老の今岡刑部甚之助一人のみ。甚之助も騎馬である。

二人は高輪《たかなわ》の高台にいて、品川《しながわ》沖の海を眺めていた。その手前には東海道《とうかいどう》があり、椿山藩本郷家の大名行列が江戸をあとにしていた。

「いい風だのぉ」

安綱は吹きわたる穏やかな潮風を受けながらつぶやいた。

「刑部、予はしばらく出世のことなど考えぬ。治国に精を出すことにいたす」

甚之助が顔を向けてきた。

「それが藩主としての務めであろう」

「ごもっともだと思いまする」

安綱はふっと口の端に笑みを浮かべ、椿山藩の大名行列に目を転じた。その行列は品川をゆっくり離れ小さくなっていった。

「あの男、虫の好かぬうつけだと思っておったが、そうではなかった」

つぶやきを漏らすと、甚之助が怪訝そうな顔を向けてきた。

「何かおっしゃいましたか……」

「いや、何でもない」

安綱はもう一度海に目を向けた。鳶《とび》が気持ちよさそうに空を舞い、近くの林で鶯が清らかな囀《さえず》りをあげていた。


〈完〉

本書は、集英社文庫のために書き下ろされた作品です。

稲葉　稔の本

集英社文庫

国盗り合戦〈一〉

慶安二年、将軍家光の治世。逼迫する財政に業を煮やした奥平藩藩主・宇佐美安綱は、肥沃な領土を持つ隣の椿山藩の領地を奪い取ろうと画策。その椿山藩藩主の本郷宗政は「うつけ」と見られている男だったが――泰平の世に起こる謀略戦。

集英社文庫

国盗《くにと》り合戦《かっせん》〈三〉

2023年12月25日　第1刷　　定価はカバーに表示してあります。

著　者　稲葉《いなば》　稔《みのる》

発行者　樋口尚也

発行所　株式会社 集英社
東京都千代田区一ツ橋2-5-10　〒101-8050
電話　【編集部】03-3230-6095
【読者係】03-3230-6080
【販売部】03-3230-6393(書店専用)

印　刷　中央精版印刷株式会社　株式会社美松堂

製　本　中央精版印刷株式会社

フォーマットデザイン　アリヤマデザインストア　　マークデザイン　居山浩二

ISBN978-4-08-744602-9 C0193